Cahier nomade

Abdourahman A. Waberi

Cahier nomade

Nouvelles

Le Serpent à Plumes

Collection Motifs
dirigée par Pierre Bisiou

MOTIFS n°82

© Le Serpent à Plumes 1994

© Le Serpent à Plumes 1999
pour la présente édition

Illustration de couverture : © Karen Petrossian,
Olivier Mazaud, Bernard Perchey

N° ISSN : 1251-6082
N° ISBN : 2-84261-127-6

Le Serpent à Plumes
20, rue des Petits-Champs - 75002 Paris
http://www.serpentaplumes.com

Pour mon père Awaleh parti à l'automne 1994
et pour Florence.

Pour tous mes amis de Djibouti.

À Carole et Jean-Pierre Durix, Jean-Paul Rogues
et à Bernard Magnier, marionnettiste de talent.

I. TRACES :

Chaque nouvelle est une caravane
avec son lot de mots.

L'ÉQUATEUR DU CŒUR

> *« Je m'éveillais avec un œil mort qui voyait*
> *et un œil vivant qui restait fermé. »*
> Wilson Harris

S I LE PARADIS existe il doit avoir le velouté et
la fraîcheur d'une salade de fruits. Mais cela
est une autre histoire. Il me tarde de recueillir le
suc de mon récit. À la traversée, la marée montante charroyait les cadavres qu'on eût dits
vivants. Leurs grosses billes de batracien se dila-
taient dans l'eau salée et bourbeuse, des yeux
deux fois plus gros que le poing fermé d'un
homme adulte, qui souriaient béatement aux
astres de la nuit. Des yeux qui savaient alors
nager à contre-courant et s'échouer sur les plages
basaltiques pour trouver une sépulture digne
d'eux sous un rocher entouré d'écume et de
sable fin.

À midi la réverbération était à son acmé, les corps dézieutés flottaient nonchalamment. Une senteur de plancton, de terre assoiffée et de végétation gélatineuse embaumait les cadavres vivants tandis que les yeux nageaient à contre-courant sur le chemin du retour à la vie, une retraversée de l'Achéron. Quelques yeux dûment accompagnés de leurs cadavres mafflus dérivaient en suivant le courant. D'ici peu la terre retrouvera son aspect de vieille carne. Elle grouillera de mille milliards de paires d'yeux, de paires de jambes et d'autant de bras ondoyant sur les eaux calamiteuses et par-dessus tout dormantes. Des eaux qui se refuseront à suivre le cours de l'Histoire.

On entendait des sons aquatiques. Ma voisine flottait moins bien que moi. C'était une femme obèse qui avait dû être grosse sans mettre au monde et qui gardait encore quelques traces de vernis vermeil sur les bouts de doigts qui lui restaient. Elle voulait dévider son chapelet sur ma personne, moi je n'avais que faire de ses malheurs. À ce train, je n'arriverai jamais à atteindre la rive, dis-je, sans compter que d'ici là mes yeux se seront affalés sur l'autre rive du golfe. Nous dérivions sur la patine de l'eau depuis bientôt une nuit. Nous cherchions dans les ténèbres de poix les voix de nos amis perdus dans l'océan. La folie : l'avant-dernière porte avant l'antichambre de l'Enfer. À moins que les anges salvateurs ne se penchent sur le monde. Un ange au-dessus de l'oreille gauche, un autre sur l'oreille droite du monde. Ils ont nom Mounir et Makar ; c'est l'ultime espoir avant la suite des petits enfers cosmiques. *Un destin usé jusqu'à la corde, voilà où on a laissé la moitié de l'humanité. Rien d'étonnant si la haine frétille dans la pupille du voisin. Un homme qui ne peut plus offrir un front serein aux petits enfers ordinaires.*

Je jouissais de la double compagnie de mes compagnons joufflus et de la voix d'outre-temps. Seule la magnitude du silence pouvait me contrarier, et parfois je prenais peur car nous dérivions aveuglément. Le soleil de midi était sur nos têtes comme une auréole mortuaire, un halo singulier de fin du monde. Le ciel faisait montre d'une débauche d'ocre et d'anthracite qui décrivait des arabesques insensées. La muraille de terre était derrière nous. Nous étions captifs d'un glacier – l'océan – dans lequel les obus solaires n'arrivaient pas à prélever leur dîme journalière. De guerre lasse le soleil jetait son anathème sur l'océan. Nos yeux toujours nageant à contre-courant seraient picorés par les chiens ailés ou par les chevaux tourneurs qui faisaient éclater les rochers avec une violence surhumaine. Ces chevaux à la croupe de houris (sortis tout droit de l'imaginaire islamique?) étaient à la recherche de la sève secrète. Ce qui a été vu par plus de quatre-z-yeux, disait-on à l'époque de la voyance, n'était plus un secret, mais qui avait vu ces chevaux diaboliques? Tout dérivait alentour : des placentas dorés, des fœtus de sept jours, les seins d'ossuaire d'une nomade qui semblait vouloir noyer son rejeton dans le glacier mobile, un miniaturiste aux moustaches de titan, une tête monumentale, poreuse ainsi qu'une éponge molle, etc. Tout renvoyait son image à tout. C'était difficile de regarder devant soi quand on a les orbites dévidées, la tête de certains de mes compagnons avait fait une rotation complète. J'aurais payé très cher pour avancer de quelques mètres, descendre quelques cataractes et avoir pour lit l'écume blanchâtre. À coup sûr je me laisserais tenter par le tango des flots. Pour finir en apothéose j'exigerais que mon crâne se brise contre le premier roc, les libellules chanteraient pour moi seul le Cantique des Trépassés ; Belzébuth m'attendrait sans doute au bas de sa citadelle d'exil (*cette créature pharaonique possède ce qu'on appelle le troisième pied, un objet de séduction aussi redoutable que lacérant*) ; Mounir et Makar me menaceraient de leurs yeux de houris. Mais pour l'instant continuons.

Comme vous avez pu remarquer, un être sans yeux (pas l'aveugle) ne s'exprime que par flots d'images. Quand il veut décrire une ville, il signale d'abord une ligne d'horizon puis la montagne qui supplante la ville puis les lumières qui scintillent au-dessus de la montagne et ainsi de suite.

Il n'y avait rien à redire sur cette nuit et cet océan qui nous humiliait en nous offrant un abri provisoire. Moi je rêvais qu'on me brûle les paupières, allez savoir pourquoi. Soudain la mer se faisait torrent et nous dérivions vers le mitan de l'océan. Puis nous dégringolâmes de six ou sept cieux alors que tout le monde pensait que nous faisions glissière vers la tourbe. C'était miracle qu'aucun de mes compagnons n'avait clamsé, pourtant, comme écrivit Charles Baudelaire traduisant Poe (in *Manuscrit trouvé dans une bouteille*) «chaque minute menaçait d'être la dernière». Ici la peau de la nuit montrait ce que cache le jour. Nous étions envahis par ce jazz du désespoir, nous étions des marionnettes dont l'océan était montreur. Nous voyions le désespoir, nous le sentions perler sur nos corps. La mer dévoilait à l'aube sa ponctuation colorée : la mer rougie par le sang de nos effluves. Les mouettes planaient sur nos chefs et nous les voyions. Leurs ailes n'avaient plus leur gouvernail d'antan. En amont les eunuques du Pharaon efféminé avaient détourné une grande partie de la mer afin d'irriguer leurs fermes piscicoles. La mer rougie par le trop-plein de sel menaçait de s'évaporer et de nous entraîner dans sa dérive meurtrière digne de *Hiroshima (6 août 1945)*. La mer rougie affichait sa logique : *il n'y a pas de faits réels, c'est la succession des faits qui peut faire sens*. Mon compagnon de droite me disait : « Moi je rêve de Baal, je suis l'un des fils de Cham né dans un désert, le crocodile est mon emblème, je ne veux pas finir mes jours au milieu d'un glacier déroulant ses muscles sous la baguette d'un dieu *visiblement absent*. » Mon voisin de gauche, non pas le vieil homme aux lèvres de seiche ni la femme obèse à la croupe de buffle, je parlais de mon voisin de gauche, celui à la voix de prophète *(on le savait muezzin et montreur de singes africains à Jéricho : la doyenne des villes dans le monde entier)*, disait : « Le temps n'a de valeur, seul le hasard fait sens. » Moi je l'abandonnais dans ses chimères. J'avais pris goût à son babel de mots. Il me disait que j'avais la fibre voyageuse des anciens. Dans son bric-à-brac de noms, j'en retins deux : Ibn Arabi et Omar Khayyam *(ce mathématicien hors pair et poète libertaire, né à Bagdad au XIe siècle après Jésus-Christ, concevait des versets sataniques à volonté).* Il ne nous restait plus qu'à nous soustraire au fleuve fangeux de l'oubli. Et nous serions capables de voir dans la trouée de la nuit. Nous serions aptes à traverser l'équateur du cœur, son poids d'ombre, et à agir, tel al-Sina *(ce dieu pré-islamique de l'Hadramaout ami de la Lune)* à distance.

AOÛT 1966

Accès

La crainte du ventilateur mal accroché qui risquait de tomber, à tout moment, n'était pas exagérée. On avait peur du côté de la population de se retrouver la gorge tranchée, la mort administrée par le fin tranchant d'une pale de ventilateur. Non, assurément ce n'était pas une mort douce et légère comme la caresse de l'ouate. On chuchotait que, dans la conquête des colonies, le coup du ventilateur assassin avait été utilisé par le 2e Bureau de l'Armée française pour se débarrasser des activistes. On avait déjà usé de cette technique en Indochine, en Algérie et à Madagascar. Gorge tranchée comme un bélier le jour de la naissance du Prophète.

Morte saison

Pendant le couvre-feu de l'été 1966, dans la ville, pratiquement tous les foyers enlevèrent leur ventilateur puisque cet appareil devint le meilleur allié du pouvoir brutal et colonial. Le ventilateur à quatre ailes : l'emblème de ce pouvoir de miel et de fiel –, des esprits malins n'hésitèrent pas à l'associer au funeste svastika du IIIe Reich.

Le ventilateur ne trônait-il pas encore sur les bars à catins où venaient s'abreuver les hardes de légionnaires velus ?

En dehors de l'intérêt dûment économique pour la métropole, la colonie avait l'avantage d'accueillir les fils rebelles, les délinquants, les patoisants, les marchands d'armes, les communards et autres indésirables. Les écrivains venaient y puiser leur stock d'idées reçues et d'images morbides dans ce qui leur semblait une momie spatiale.

La visite du général-président prit de court tout le monde dans le confetti de l'Empire. Ce dernier sur le chemin de Phnom Penh – le fameux discours de Phnom Penh, que les lycéens de la métropole (et de ses possessions) apprennent par cœur pour le programme du bac, était déjà dans sa poche droite – avait souhaité faire une pause digne de son rang sur ces arpents de basalte appelés officiellement la Côte française des Somalis. Pourtant, le général-président ne cachait pas son immense mépris pour ces territoires de poche, qui s'agitaient de par le monde, qu'ils se trouvent dans la mer turquoise des Caraïbes, dans le mer dite Rouge ou dans l'océan Indien.

Pour le gouverneur du confetti qui adorait le loukoum, il fallait se débarrasser à tout coup des «emmerdeurs», selon son joli mot – d'où le coup du ventilateur entre autres occultes techniques. Au royaume du sable et de la rocaille les arbustes se bousculaient, attirés qu'ils étaient par le gouffre d'une vallée sans eau. On jouait aux jeux de société avec des petits cailloux sur un carré de sable, les joueurs se réunissaient à l'ombre d'un acacia parcheminé par le poids des ans.

Beaucoup de cadavres furent retrouvés, gorge tranchée, à la morgue municipale après la visite du général-président. Il y eut partout des enterrements à cinquante francs où tout le monde pleurait. Beaucoup d'emmerdeurs prirent la route de l'exil, nomadisant pour longtemps sur des chemins d'infortune.

Dans l'arrière-cour d'une gargote sombre, des emmerdeurs complotaient : il s'agissait de faire peur au général-président et d'attirer les yeux du monde sur la situation sociale et politique de la colonie lilliputienne. Khalif s'était corroyé pour le rôle du kamikaze car il avait été impressionné, racontait-il à qui voulait l'entendre, par la femme égyptienne – « la bombe féminine » ainsi que l'étalaient les manchettes de la presse sans imagination – qui avait failli occire les chefs des armées anglaises et françaises lors de la guerre de Suez. « Archéologie du terrorisme », titrait un chercheur en science politique spécialiste du Moyen-Orient.

Primitivement, Khalif s'était proposé de prendre en otage le cortège du général-président. Il exigerait ensuite, au nom de ses concitoyens, la libération de tous les prisonniers politiques, une rançon de plusieurs millions de dollars, l'éviction du gouverneur au cheveu gras qui n'arrêtait pas de crier aux « emmerdeurs » comme on crie au loup, et la reconnaissance immédiate de son pays par la communauté internationale. Mais… c'était sans compter avec les cerbères du 2e Bureau qui avait «retourné» quantité de camarades. C'était sans compter avec le comité fantôme du mouvement pour l'indépendance qui décréta, à la dernière minute, que l'assassinat ou la prise en otage sur l'auguste personne du général-président n'était pas à l'ordre du jour. Ils optèrent pour le degré zéro de l'activisme politique, dirait le chercheur en science politique. Nasr, Mahdi, Khalif et les autres furent on ne peut plus désappointés car ils étaient en appétence d'action. Zamzam la fontaine bénie de l'Indépendance, l'oasis après l'exil… Zamzam attendrait encore.

Couleur locale

Nul n'attenta à la vie du général-président, qui, goguenard, prolongea de trois jours son séjour dans la colonie chère à la Société de géographie de Paris (quai Conti), aux collectionneurs de beaux timbres (boulevard Brune), à la Compagnie des Salins du Midi (sise à Marseille) et à Albert Londres, qui avait péri non loin de là.

Saison morte

Au soir de son départ, le général-président daigna goûter la viande d'oryx préparée avec abnégation par les anciens de la Division Leclerc au mess des officiers, boulevard de la République, en face de l'unique lycée de la colonie fondée par le vicomte Léonce Lagarde de Rouffeyroux. À vingt heures, il dîna sous la pergola aux plantes carnivores. Il desserra sa petite ceinture ; le ceinturon disparut de la panoplie des officiers le jour où l'embonpoint du général-président ne lui permit plus d'en faire usage. À vingt-deux heures, il prit son envol pour atterrir à Phnom Penh ; le lendemain, à midi, il prononça son discours devant une foule gouailleuse d'Annamites. Chez nous, le gouverneur reprit son costume de canaille, sa palette d'assassin, sa tête de chien et ses yeux de rapace. La colonie s'endormit sous le charme discret de la douleur tropicale. Nasr et Mahdi cessèrent leurs soliloques d'anges déchus. Nasr laissa couler du sable entre ses doigts maigrelets. Ce sable qui justement prédisait la bonne fortune aux guides du caravansérail.

Le général-président parti, les porteurs de pancarte qui avaient demandé l'indépendance totale eurent la gorge tranchée. Nous n'avions jamais aimé ce gredin galonné. Zamzam, la paix et le reste attendraient une éternité de plus. La ville n'était plus que cendres et larmes. Les pans rougeoyants d'un ciel liquide d'août ne laissaient prévoir rien de bien beau. Des cohortes d'indigènes partirent pour le désert où ils escomptaient trouver Dieu en personne. Mahamoud Harbi, le chef des porteurs de pancartes, fut poignardé dans le dos. Il avait échappé de justesse au coup du ventilateur assassin. L'exil l'appelait de toutes ses forces et il ne pouvait lui résister. Dans le territoire de poche, une odeur de débauche et d'enfermement s'exhalait. Au commencement était une suite. Tout retournait au stade initial, à l'équilibre minéral. De sable et de rocaille. De gros nuages, avides d'éternité, partaient promener leurs ennuis sous d'autres cieux. Demain s'acoquinait avec hier. Le passé hypothéquait l'avenir pour longtemps : Nasr et Mahdi n'étaient plus des messies. La mer ne baptisait plus personne. La mort n'oubliait plus personne, non plus.

À l'ouïe de la nouvelle du départ du général-président, une coupe de chape était tombée sur

Khalif, Nasr, Mahamoud et les siens. L'espoir était mis sous tutelle, l'indépendance renvoyée aux calendes grecques. Le ciel grondait de plus belle comme si trente-trois éléphants s'étaient mis à battre de la patte en cadence. Trente-trois jours de pluie drue, on avait rarement vu ça au pays du soleil. Un soleil tortionnaire qui faisait flèche de tout bois.

Nasr et Mahdi étaient assis sur des tabourets à pieds épais, l'un en face de l'autre. Ils avaient, à présent, des cheveux poivre et sel, blanchis avant l'heure. Leurs chemises trop larges pour les bras en fil de fer retombaient aussitôt sur leurs ventres convexes, bombés d'air et de graisse morbide. Des idées bruyantes, dévorantes parce que déferlantes, colonisaient leurs esprits. De folles et obsédantes pensées encombraient leurs têtes. Ils mâchonnaient les mêmes mots entre les mâchoires. Des mots qui n'effleuraient que les déments de la cité. Un passé défunt empoisonnait leur corps, minait leur cœur et buvait avidement leur fraîche sève de vieillards pubères. Éprouvaient-ils encore une tendresse d'amant pour cet hier trouble et tremblant ? Leur arrivait-il de palper avec leurs doigts de pianiste le sable de la bonne fortune ? Ils se parlaient à demi-mot mais s'entendaient-ils et se comprenaient-ils ? La mort froide, blanche et grasse ainsi qu'une maîtresse en disgrâce, les attendait calmement comme une araignée affamée. Beaucoup d'entre nous avaient chanté la mort, espérant par les incantations en accélérer la venue. Mais voilà que s'en venait le temps ogressal. Nous étions demi morts d'effroi. Nous étions à fleur de folie. Le général-président avait rejeté d'un revers de main les vœux des porteurs de pancartes. Il leur avait refusé du coup le statut de peuple. Depuis la prison de Gabode, on entendait les hurlements des jeunes gens dépecés. Sur l'étal du gouverneur boucher on trouvait, entre burlesque et épouvante, c'est-à-dire pêle-mêle, les insignes du général-président, des seins des autochtones et des bouts de cigares.

Retour

Le général-président avait-il programmé cette visite impromptue ou un conseiller croyant bien faire l'avait-il poussé dans les bras de cette colonie au sourire de Méduse ? Une farce tragique l'attendait sur la place Rimbaud : des porteurs de pancartes que le gouverneur croyait venus saluer l'homme d'État exigèrent tout bonnement l'indépendance immédiate et totale du territoire exigu. Non mais des fois ! Mais bon Dieu, quel affront au général, quelle audace et quelle innocence ! Le général-président fit trois petits entrechats et, blessé, s'envola pour Phnom Penh. Le gouverneur embastilla la ville pour l'éternité. Les artificiers de l'Indo entourèrent cette dernière d'un rideau de fils barbelés entrelardé de bombes à fragmentation. La métropole envoya au gouverneur un Photomaton « pour photographier un millier de personnes en six poses et ce en une journée de travail ». Utile outil qui avait fait en 1941 la joie des nazis et en 1945 celle de l'armée française matant les insurrections de la région de Sétif, en Algérie.

Khalif, Nasr et Mahdi s'abîmèrent dans un soliloque sans fin. Le gouverneur avait pratiqué une lobotomie sur tous les hommes pour qu'ils n'aient plus jamais à chuchoter les secrets douloureux de cet août 1966. Pour son grand malheur, il avait oublié les bébés – promesse et menace d'un futur. J'avais un an.

L'ÉOLIENNE

CETTE PARTIE de la ville est remarquable à maints égards : trottoirs propres et nets, chaussées impeccables, ronds-points fleuris comme un jardin botanique, artères bien dégagées. On se croirait en Europe. Pourtant nous sommes chez nous, parmi nos parents, nos amis et tous nos compatriotes. Nos ancêtres bavardent gentiment sous l'arbre à palabres – un jujubier comme il se doit – au milieu de la cité des Anciens. Cet endroit est connu sous le nom de *cemetery* chez nos cousins et tout proches voisins : les Walals qui ont été en partie décimés par les Anglais pour avoir commis (selon leurs lois) des sévices barbares contre leurs propres garçonnets.

« Ah ! Si nos ancêtres entendaient ce qui se passe chez nous ! »

Des étudiants, formés dans les meilleures écoles étrangères avec les boyaux de la mère-nation, prétendent que tous les peuples de ce grand pays devraient parler une seule langue qui serait choisie à main levée pour ne pas effriter la noble démocratie :

« Oui, on ne badine pas avec la Démocratie avec un D majuscule s'il vous plaît ! » disent-ils en chœur.

D'autres rétorquent qu'il va de notre salut national que d'utiliser une seule langue qui aurait la rare qualité de réunir toutes les nuances de nos quarante-quatre parlers subnationaux et qu'ainsi nous deviendrons plus riches linguistiquement parlant !

« C'est d'une logique tout simplement implacable, a dit l'un d'entre eux.

– On va réunir un comité d'experts étrangers pour trancher », a conclu le gouvernement comme toujours vétilleux pour les affaires culturelles.

Depuis, notre cité, jadis appréciée pour son calme et ses goulags relativement vides sans compter les Orgabos, cette ethnie rétrograde, sécessionniste et pro-ébonienne – l'État d'Ebony équatorial est notre ennemi national pour dérive frontalière cinquantenaire et détestation sécu-

laire –, bouillonne dans une cacophonie étouf-
fante. Des églises, des chapelles, des groupus-
cules, des lobbies et bien d'autres associations
ont fleuri comme des champignons après la
pluie. On compte jusqu'à septante le nombre de
ces coteries qui militent pour une langue, un parler, un dialecte ou une mimique locale. Les plus
connues sont Les Amis du Moubati, Groupe
pour la défense du Naghab, Paroles et écrits en
Helloy, Sauvegarde du Lambaro couchitique,
Radio pour la diffusion exclusive du Yaklouti,
sans oublier le très virulent hebdomadaire *Faits
et gestes* en otou-otou.

Chaque ethnie a placé au sein et dans les
entrailles du gouvernement un porte-parole qui
ne doit jurer, prier ou gesticuler que dans sa
langue d'origine. L'Assemblée est devenue une
véritable tour de Babel. Les réunions ministé-
rielles passent pour des folies ambulantes et
contagieuses, nous avons pris l'habitude de les
appeler des opéras : personne n'écoute personne
et chaque porte-parole, vêtu de ses plus beaux
atours aux couleurs de sa tribu mais aux frais de
l'État, a pour mission de débiter le plus de mots
possible dans sa langue sans prendre le moindre
retard par rapport aux autres concurrents. Dès
que le président de l'Assemblée – nous avions

choisi sur les conseils de l'OUA un étranger qui puisse rester neutre et courtois en toutes circonstances – déclare: «La parole est ouverte.» Avez-vous remarqué que le narrateur abusif que je suis vous signale qu'il a bien dit: «La parole est ouverte»? (nous ne parlions plus de séance, le mot était périmé chez nous). Dès l'ouverture donc le Parlement grouille, chahute, clapote, jure, injurie, crie et pleure dans toutes les langues du pays. Chaque ethnie soutient gaillardement son homme, applaudissant quand il lui arrive de s'égosiller plus fort que ses collègues, le maudissant quand il ne se fait pas entendre:

«C'est un mou c'lui-là! Il faudra le changer aux prochaines élections. On va demander une entrevue avec le président, Ordinateur sublime. Il n'est même pas foutu de faire ouïr la voix de ses ancêtres à l'Assemblée. Dire qu'on l'a placé si haut ce pousse-caillou, ce bivouac! Il ferait mieux d'arrêter de boire la bière de khat et de courir le guilledou, ce légionnaire nègre, ce souffleur de vierges…»

À la fin de chaque séance – pardon, parole – quand le président de l'Assemblée a prononcé sa deuxième phrase (nous l'avons surnommé le Requin blanc car il mène son grand train de vie six jours sur sept et arrive à l'Assemblée le jeudi pour souffler deux petites phrases et prendre derechef un repos mémorable) :

« La parole est close mes chers amis et donc à la semaine prochaine. » Il a du reste cette sale manie de s'adresser à tout un chacun en utilisant les mêmes formules mille fois de sa bouche sorties comme « mes chers amis... ma très chère amie... cher et tendre frère... vous êtes priés de bien vouloir quitter les lieux et donc à la semaine prochaine ». Nous n'avons jamais aimé cet étranger, blanc de surcroît, qui fait la pluie et le beau temps ; mais il nous est nécessaire comme le fleuve à la mer nous a-t-on rassurés en haut lieu. Il s'appelle Jol Brenard Lovelace, il a deux passions foudroyantes dans sa vie : les armes et les filles du pays avec qui il louvoie.

Après chaque séance la multitude se retrouve place des Langues, toute proche de l'Assemblée, où l'on commente la dernière réunion, où l'on félicite le gouvernement qui a récemment pris la décision inédite d'ériger un Monument aux mots (« Biens de nature ô combien périssable » selon l'éditorialiste de l'organe de presse national) et où l'on pronostique les chances du meilleur phraseur pour la semaine à venir. Que voulez-vous, notre peuple a toujours été sensible aux mots, faute de biens.

«Qui a gagné cette fois-ci?

– Ce chien de Baboulé.

– Ne blasphème pas, c'est inconvenant pour ton âge et ta barbe blanche. Et puis ce n'est que justice, voilà deux ans qu'on court après une victoire, nous autres Baboulés. Ça va exploser en pays baboulé, la plus grosse fête qu'on ait jamais connue depuis notre Renaissance, le tremblement de terre, l'explosion quoi!»

Ripaille, vins de palme, feux de Bengale et coups de mortier. Partout dans les villages et la plaine des Baboulés on mangera de nouveau la viande de varan, les œufs de milan, le jambon du Yémen. On croquera les phalanges des jeunes filles rôties au feu de bois; les courtisanes se parfumeront avec les essences de Florence ou le musc de la civette abyssine après s'être lavées avec le fameux savon de Birmanie. Dans les varangues le champagne d'Anvers coulera dans des coupes d'ivoire malgache et les vierges se marieront avec les vieillards disponibles. De mémoire de Baboulé, on ne vivra pareille liesse.

Le président, taureau géniteur de la population nationale, passe le plus clair de son temps à l'étranger, à Rainville-les-Eaux exactement, pour soigner ses bronches. Il s'avère qu'Il a une

confiance inouïe pour l'homme que nous sur-
nommons, avec désobligeance il est vrai, l'Assommeur public. Il ne faut pas se méprendre sur
son compte. Oh non, il est incapable de torturer
une cartomancienne ou d'énucléer un bambin !
Il nous assomme tout autrement. C'est qu'il a la
lourde charge – entre autres tâches enviables –
de publier dans l'organe officiel du pays la liste
exhaustive des projets que les promoteurs étrangers entreprendraient au sein de la nation pour
maintenir, sauvegarder et assurer la survie de nos
enfants. Chaque semaine la liste assommante,
sournoise comme un serpent, s'allonge, entrete-
nant de façon fort pernicieuse des faux espoirs
chez les membres des couches défavorisées,
c'est-à-dire pratiquement tout le cheptel humain
que compte la nation, autrefois démocratie pas-
torale selon l'un des derniers étrangers illuminés
à avoir manifesté quelque intérêt pour cette
contrée lunatique. La sagesse populaire veut
qu'on l'appelle l'Assommeur public parce qu'il
est également le second homme fort du pays.
Pour donner de la substance à notre récit, nous
allons citer brièvement quelques-uns des projets
étalés impudiquement dans les colonnes de l'organe officiel de presse cette semaine. Ainsi, pour
désennuyer les forces vives et raviver la flamme

on ne peut plus patriotique voici quelques extraits de la liste :

1) La sucrerie de Jacmellow : située au PK (poste kilométrique) 31, elle devrait produire dès 1979 une capacité de 500 000 t de sucre/an susceptible d'être triplée rapidement. L'usine permettra au pays d'exporter du sucre en direction des États voisins où la demande fort heureusement ne cesse de croître. Les sources du financement sont jusqu'à présent inconnues du grand public et le coût global de l'opération est estimé à 385 millions de dollars pour l'usine et 49 millions de dollars pour l'aménagement d'une plantation de 1000 hectares de canne à sucre à la mode cubaine.

2) La cimenterie de Balberac au PK 135 : commencée en avril 1981, grâce à un bienfaiteur arabe du nom de Jamaal al-Tin ibn Khatib, elle devrait être achevée à la fin de cette année 1984. La capacité annuelle inondera le marché local, hélas trop étriqué. Le calcaire, l'argile et le gypse nécessaires sont disponibles en quantité suffisante dans l'arrière-pays de Balbarec ainsi que chez les Orgabos. Qui avait dit qu'il n'y avait que le système capillaire qui était en plein essor chez nous ?

3) L'usine de matières plastiques de Kallafi :

l'initiative revient à un jeune national talentueux qui avait eu l'idée lumineuse d'utiliser des matières premières locales. Financement arabo-suisse. Capacité annuelle de 80 t. Embauche de 1500 ouvriers en prévision… Nous profiterons de l'occasion pour ouvrir une petite parenthèse et tout de go signaler que le jeune national talentueux a été par la suite condamné à mort par un juge aigri pour avoir écrit, dit-on, une pièce qui s'intitulerait : *Pas de rhapsodie pour Yarklouti.* Même si la paternité n'a pas été établie d'une manière sérieuse, le jeune national talentueux risquait de toute façon la potence. C'était sans compter avec la bonhomie du Père débonnaire de la nation qui commua la condamnation en détention à perpétuité sous les dithyrambes de l'organe de presse officiel. Nous fermons cette parenthèse qui a révélé le caractère fulminant d'un juge réputé naguère pour sa franche modération.

4) La minoterie et l'usine des pâtes alimentaires de War Amoussa (PK 89) : ce complexe techno-industriel entrera en fonction dès la fin du Khamsin. Prévu pour juguler le chômage endémique, il est en cours de construction avec la collaboration toute en haute technicité des industriels italiens (ceux-là mêmes qui avaient

ruiné la sucrerie de Jowhar, à côté de Muuqdi-sho, transformée depuis en rhumerie avec le concours des Cubains).

5) Enfin, parmi les autres projets, nous retien-drons l'abattoir pour animaux d'Afminshar près de Gobode (PK 5), la création des salines en rade de Roual, la pêcherie Biyo-Badeen, les hui-leries du Plateau (PK 13) et les Brasseries natio-nales qui fabriqueront exclusivement l'alcool de khat.

Le vendredi c'est le jour du stade chez nous. Le président de la République, commandant de l'Armée de terre, de l'air et de la mer, général de tous les corps d'État, grand amateur du café d'Annaba, entré depuis longtemps dans la vie civile glorificatrice, les Ministres, porte-voix des composantes ethniques, les représentants du clergé et de la mosquée, connaisseurs du superbe pommeau de Bruxelles et les seigneurs des Affaires culturelles se retrouvent au stade. Un match de football est prévu comme tous les ven-dredis qui attire à lui seul une foultitude de gens.

«Le président, Son Excellence El Hadji, se rend en Soumandie orientale, toute la popula-tion est invitée à accompagner dans un fier élan patriotique Son Excellence, protecteur de la nation, héros de la contrée, héraut de la patrie, le président commandeur lumineux sur le droit chemin, père de tous les adultes, grand-père de tous les enfants, taureau généreusement géniteur de la nation une et indivisible…» braillaient depuis trois jours et autant de nuits les haut-parleurs accrochés dans tous les coins et recoins de la capitale. La tourbe se lève pour applaudir comme un seul homme. Le président, père débonnaire, père bienfaiteur, père guérisseur, père aimé et adoré, père et époux unique de la nation, fit son apparition. Nous l'applaudîmes. Le discours commença dans la plus grande allégresse et se termina dans la plus mémorable liesse. Les fanfares portaient des robes à l'effigie du président, père divin, père mystique, ami des morts et des vivants. La garde présidentielle en tenue léopard se tenait aux côtés de la police présidentielle en tenue poisson-chat. Les véhicules civils et militaires étaient décorés avec les grands portraits de Son Excellence, tête pensante et réfléchissante de la nation. Partout on pouvait voir les photos du Père fondateur et libérateur de notre République : sur les murs lépreux de la ville, sur les autocars, sur les écrans de télévision, sur les écrans de quatre cinémas de la ville, sur les grilles de l'unique stade (qui porte son nom), sur les vêtements que fabrique notre usine textile nationale, sur les beaux timbres (c'est étrange, plus le pays est pauvre, plus ils sont beaux), sur les cartes postales, sur les pièces de monnaie et sur les billets de banque.

« Vive notre Père l'omnipotent ! » comme il aime qu'on l'appelle.

« Vive notre Père l'omniprésent ! » criait le Premier ministre, petit homme discret et effacé, toujours tout de blanc habillé, qui a pour coutume de manger à la terrasse de notre meilleur restaurant, Le Patriotard, ses moules marinière avec une fourchette et un couteau en argent portant ses initiales : J & B. Ce qui fait dire aux gens de mauvais goût qu'il est grand amateur de whisky.

« Vive notre Père omniprésent, criait-il.

– Vive notre Père omnipotent », répliqua derechef la plèbe assoiffée sous la chaleur accablante de l'unique stade construit par une équipe travailleuse et trafiquante, des Chinois dit-on. Les photographes et les stylographes du *Grand Boom,* notre organe national, se précipitèrent comme chaque semaine sur le Père créateur qui les remercia aussitôt pour se tourner du côté du Commandant de l'état-major. Cet ex-parachutiste à lunettes sombres fut bombardé commandant en chef de l'état-major, il se prend depuis pour le bras droit du Père confectionneur de la nation, protecteur des veuves et des orphelins, illustre admirateur du général de Gaulle et grand collectionneur des alcôves en toutes positions.

Tous les vendredis depuis l'Indépendance le président, père sculpteur du corps national, consacre l'objet national de la semaine.

«Il faut à mon peuple des jeux et des mots, et non des maux», prêche-t-il lui-même devant la foule exsangue.

C'est au ministre des Affaires culturelles, chargé de la gestion de l'âme nationale faute de patrimoine, de choisir l'objet en question. L'homme a les lèvres carminées toujours fleuries d'un sourire mi-assassin mi-narquois. C'est un énorme privilège pour les habitants que le président, père modeleur des formes nationales et chimiste inégalé, consacre un objet appartenant à la tribu, au village ou au quartier. Cette semaine c'est au tour de l'exquise éolienne du quartier Quarante-sept, arrondissement Dix, cercle Treize. Elle deviendra la fierté du quartier pierreux et de sa vile et pouilleuse population. Le ministre chargé de l'âme, un fin connaisseur du vin d'Égypte et des figues de Barbarie, déclarait depuis le début de la semaine qu'il choisirait l'exquise éolienne pour se faire bien voir par la pauvre populace dépenaillée du quartier. Il est de coutume qu'un ministre fasse un petit geste à l'endroit de ses électeurs. Et le très bas peuple du quartier Quarante-sept fêtait sa consécration proche avec ses manières de bas peuple pétaradant. Les femmes et les enfants, habillés et coiffés avec recherche comme seul le bas peuple peut se le permettre, dansaient et chantaient pour accueillir l'organe de presse officiel et les irresponsables politiques. Ils tenaient à montrer qu'ils avaient chez eux aussi des gens sérieux et pas uniquement des va-nu-pieds. Des gens sérieux crève-la-faim, traîne-misère mais respectueux des valeurs fondatrices de la nation une et indivisible. Ils ne voulaient en aucun cas être comparés ni aux Ebonys sectaires et sécessionnistes ni aux Orgabos rebelles et rêveurs.

Ce vendredi-là, le président, père prophète de la nation, consacra, comme prévu par la rumeur, la puissante et écumeuse éolienne du quartier Quarante-sept objet national de la semaine. Cette splendide éolienne se dresse dans le jardin de Barouwd, résidence annexe du président : une oasis où poussent dans la fraîcheur du wadi les meilleurs figuiers de Barbarie, des euphorbes géantes, des arbres à papier, des arbres à pain, des feuilles de tabac, des palmiers-dattiers, des bégonias doubles, des cactus roses et d'autres espèces encore. Un colon arménien l'avait érigé pour irriguer ses tomates et contribuer ainsi au bonheur du peuple et au développement du pays. Il a débauché par la suite une petite sœur *albaniaise*, ils dirigent ensemble le second hôtel du pays, La Farniente, rue Gashanleh.

Elle grinçait de tous les côtés, une couche de sable l'habillait mais elle restait tout de même captivante. Elle brassait l'air de jour comme de nuit, elle tirait un seau rouillé. Celle-ci plongeait dans un trou noir qui semblait très profond avant d'atteindre la nappe d'eau claire, de remonter et de plonger à nouveau. L'éolienne était connue de toute la ville, chacun l'aimait à sa façon. Il semble que le président, père distributeur des destins aux enfants de la nation, veuille en faire sa mascotte nationale un peu comme le lion du Négus. Toute la plèbe la prend pour un outil magique, la plèbe la vénère ainsi qu'un symbole, un totem. Certains s'imaginent que c'est le génie créateur de l'homme blanc dans toute sa splendeur qui figure là. Au loin, dans un ciel crépusculaire, elle ressemble à un anneau doré qui surplombe le toit de feuillage de l'oasis. C'est à midi, quand le soleil est à son zénith, qu'elle apparaît sous son plus mauvais jour ; et même là, un œil quelque peu avisé lui trouvait des compliments raffinés : on dira qu'elle est d'ocre et d'écume, qu'elle est belle comme la nation ou qu'elle chante dans le vent. Chaque année, le khamsin la malmène. Ce vent venu du désert – patrie des Orgabos ignares et combatifs – la couvre tout entière, puis la fait vibrer avec une violence aussi inouïe que gratuite qui surprend même notre commandant-en-chef-de-l'Armée-nationale-qui-se-veut-le-bras-droit-et-musclé-du-président. D'ailleurs, le farouche khamsin n'épargne guère la ville. Il ne laisse que cendre et malheur. Le président, père annonciateur et berger à vie du troupeau national, l'a déclaré ennemi historique juste après les Ebonys lâches et sanguinaires et les prêtres subversifs qui sévissent dans le sud du pays. Voilà pourquoi Papa-la-paix, gardien des institutions et de la mémoire collective, l'a consacrée. Il est intimement persuadé que l'exquise éolienne est faite à son image nationale.

UNE AFFAIRE À VIVRE

> *« Écrire, c'est ébruiter le charnel. »*
> Saint-John Perse

LA SCÉLÉRATESSE de la vie ici-bas ne m'a pas permis de vivre mon content. Et nul ne m'a prêté sa vie, ne serait-ce que pour une petite heure, le temps de trouver un port d'attache. Le jour où cet étranger est venu chez nous, je fus la première à le voir et j'eus droit au premier sourire dans le quartier. Ma voisine, après avoir posé ses yeux de charogne sur lui, avait dit que rien que son sourire ferait pousser des fleurs sur nos latrines. J'avais ri bêtement, et elle en avait rajouté comme pour me faire plaisir. Tout ce qu'elle disait sur l'étranger m'était réservé, du moins je le croyais. J'étais le destinataire privilégié à qui elle livrait confidentiellement et exclusivement son message acidulé : « Avoir le feu aux fesses et de la poudre aux yeux, c'est risquer de sauter de joie», s'était-elle esclaffée en me pro-voquant un chouia. Elle avait poussé un de ces rires qui rendaient chauves les hommes et dont elle seule avait le secret. L'âme en compote, le cœur en cale sèche, j'appris à ne pas pleurer sur mon sort d'esclave. Le monde était plein des femmes malheureuses qui avaient caressé un temps le rêve du mariage heureux. Pourtant, j'avais l'égoïsme de mon adolescence, autrement dit nul ne méritait ma considération plus que moi-même. Il est bien connu le cannibalisme des hommes, ils abusent de nous et ce à tout âge. Il ne nous reste plus que la voix, les youyous et le voile (ou la croix) à porter.

J'ai la volonté, pour tout dire, de démystifier l'appendice des hommes, c'est dire mon pro-gramme. J'essaie de montrer que cela n'avait pas été vrai de tout temps, surtout du temps de l'an-tan où, par exemple, le tabou de la virginité n'était pas une pratique courante. Ce que nous endurons aujourd'hui est un jour de déveine devenue éternité. Ni les prières, ni les soumis-sions, ni les sermons, ni les humiliations ne suffiraient à effacer, que dis-je, à faire oublier quelques instants le poids de la toute-puissance masculine. La dulcinée est reine le temps d'un soir; puis c'est le chômage nuptial, elle n'a plus que ses prunelles pour pleurer et l'eau rance des souvenirs pour le restant de ses jours. «Gemme précaire devant l'âpreté et la noirceur de la vie», comme dit le cliché mâle. Et pour finir l'obscurité du tombeau dans un coin à part du cimetière car les femmes n'ont pas le droit de résider – même après la vie – parmi les hommes, les seuls à qui sied le titre et la fonction d'êtres humains. Le temps se met à courir plus vite après nous qu'après eux. Pas de symphonie mélodieuse pour nous ici-bas. Rien d'autre que les couleurs de la douleur, la palette de l'angoisse; les nomades ne disent-ils pas qu'un chamelon de trois hivernages est plus chanceux qu'une jeune épouse? Les premiers cheveux blancs apparaissent sitôt cachés dans la broussaille capillaire. Nos tempes blanchissent plus vite et plus sûrement que celles des hommes afin que ces derniers puissent nous rejeter plus vite. La peur sourd de nos ventres et s'amplifie toujours. Les demains brumeux longent nos rivages quotidiens qui se résument à une suite de déconvenues, à un défilé de déceptions sans fin. À l'aveuglette nous déambulons tous les jours que Dieu nous accorde dans sa générosité pérenne. Entre la matrice et la tombe, l'homme règne toujours au faîtage du firmament avec un large sourire que rien ne vient assombrir. Mères malmenées, épouses répudiées, veuves esseulées, désirs refoulés, plaisirs ajournés, toute une gueusaille accablée par la marmaille. Âmes silencieuses face aux cœurs fanatiques. Terre de femmes occultées, abusées, contrôlées et excisées.

Un cyclone a anéanti la ville et enténébré tout le monde. On me jette à la figure que j'ai lu *La Femme mystifiée* de Betty Friedman et *Femmes d'Alger dans leur appartement* de l'Algérienne Assia Djebar, que j'ai eu vent d'Angela Davis, de la Beauvoir ou d'Angela Carter. Qu'est-ce que ce chapelet de noms étrangers peut bien aviver chez moi ? Confidence pour confidence : j'ai aussi lu *Aqoondarro Wa Uu Nacab Jacayl* du Somalien Farah M. J. Cawl, *La Répudiation* de l'Algérien Rachid Boujedra ou *Femmes en guerre* du Nigérian Chinua Achebe, et alors ? J'ai décelé l'imposture des écrivains mâles susurrant un remords qui dit mal la vie lézardée de leurs compatriotes, je leur préfère les mots fougueux de celles qui crient, hurlent par-delà les mots de la raison. La chiennerie des hommes me diriez-vous ? Chaque fois que j'entreprends une ébauche de ma vie désossée, je la froisse et la jette dans la poubelle pleine des récits de mes sœurs éreintées par les hordes de frères œuvrant de concert sous la coupe de leurs pères. Et, croyez-moi, je n'ai rien de la vierge folle ou de la victime mystique. Je garde en mémoire la violence irrémédiable du sac amniotique qui éclate pour nous projeter dans le monde des vivants. Les éruptions volcaniques et le séisme frénétique qui marquent ce territoire sont censés nous rappeler le premier choc traumatique.

Ici, la beauté a un visage : il faut avoir un cou de biche, des dents impeccablement blanches, légèrement écartées au milieu. Ici, c'est-à-dire Djibouti, mon pays inabouti, mon dessein brouillon, ma passion étourdie : cette ville – jadis blanche comme le madrépore – où toutes les mythologies firent escale avant de s'échouer un peu plus loin. Cette ville où la colère est en train de macérer et de lever sourdement. Je suis à l'image de cette ville au visage lépreux – les climatiseurs forment des grosses verrues sur le dos de la ville. Mon paysage est une mauvaise aquarelle : une bousculade de maisonnettes de tôles et de bois entrecoupée par des allées sinueuses et boueuses. Pire, une nature morte noyée par un soleil à détiquer les chameaux, un soleil à trancher le fil de toute vie. Un troupeau de nuages, un figuier de Barbarie ou un cactus (preux chevaliers du désert) volent au secours des insectes. Touffe de désordre et de soif, absence d'eau, feuillage de fortune. Et moi, Commère Lionne qui, pour fuir le cachot des frères de la nuit, arpente la savane. Je convie à mes agapes sexuelles toutes les créatures qui croisent ma route et converse avec elles dans la langue de l'enfance qui abhorre le solennel. Tel un répons scandé à l'envi, mon nom résonne partout. Vêtue de probité franche et d'une cotonnade blanche comme toute fière amazone, je sillonne les corridors de mon passé, j'en ai saisi une partie. À vous de me dire maintenant si j'ai manqué à ma tâche, à vous d'étreindre ou d'éteindre ce récit selon l'humeur ou l'expérience.

Dans mon coin, je peaufine patiemment mon projet. Les remous de la chair, ses fréquences et sa géographie intime m'ont toujours attirée. Certes tourmentée mais volontaire et disponible, j'avoue une puissante faiblesse pour les hommes de tout âge et tout horizon. Leurs bourrasques me tannent le visage, plusieurs vents contraires – désir de révolte, silence et soumission – m'ont prise en otage. Je vais ainsi de tourbillon en tourbillon, de parloir en parloir, je passe de quête en quête, d'éclipse en éclipse. Tout ce que je cherche se trouve là : la soif, le plaisir, l'emportement. Toutes les petites choses qui font vibrer les êtres. Je tente d'apprivoiser la liberté – à tout le moins il est bon de s'y essayer. J'apprends délicatement à faire vibrer mes cordes de sorte que les autres puissent se délecter en moi et s'abreuver de mon miel. Je crois que j'ai mis le doigt sur quelque chose de touchant et d'intime, de profond et de dangereux à la fois. Toujours je veux manier cette langue d'audace et de musique pour me donner l'impression sinon d'être utile, au moins taquiner la majorité peureuse. Est-ce cela le trop-plein à dire de ma vie : l'espoir et le désespoir, l'étouffement qui précède la ligne d'arrivée et la victoire. Nomade, je quête (oh oui) la maison mère, la langue partagée. Les déshéritées, les usagées de la vie, trop tôt morcelées, trop vite cousues, puis délaissées, répudiées, pénétrées pour être recousues à nouveau, reconduites à la couche, se consolent, comme moi, avec les amours de la rivière et du rocher. Je ne me fie plus à la traître lancinance des petits matins. Circoncise pour toujours, je porte dans ma chair les épines de la brousse. J'ai la peau fine et passe pour une passerelle à fleur de terre. Cer-

tains m'empruntent sans frais utilisant mon utérus pour leur égoïste plaisir. Devant les vandales
je m'éclipse et trouve refuge dans le cimetière
des enfants… Le suc de cactus pour désinfecter
la plaie incisée, la molle béance, les épines pour
rapprocher les remous de la chair et rendre
convexe cette région du corps. À présent j'ai la
chose lisse comme la paume d'une main. J'ai la
chair glabre entre les cuisses. J'ai payé mon tri-
but à la tribu. Citadelle close aux vents, rétive
aux caresses, avare d'aveux. Lieu des rencontres
et des échanges qui fera, le jour venu, les preuves
de sa souplesse plastique. Je garde en tête ce mot
de la mère : «Ton père est le mâle nécessaire.»
Me revient cet effroi d'enfance : deux équipes
féminines m'écartent les cuisses, je perçois dans
les yeux de la matrone l'éclat de la lame. Je cha-
vire. On me vide de mon sang. Lame, sueur,
épines et lait de cactus. Je reviens lentement à la
vie. Trop timide, je marche d'un pas mal assuré.
J'ai la chair lisse et tannée, j'ai peur de me déchi-
rer à l'entrejambe. Je me gratte non sans dégoût,
secoue la tête. Pourquoi aucun troubadour n'a
effleuré notre douleur ? Le moindre privilège se
paie de mille contorsions et d'autant d'humiliations. Aujourd'hui je donne une lecture ample et
vivante de mon corps à ma petite sœur Marwo.

La benjamine a peur de l'ombre de la matrone. Il faut qu'elle trouve la force de crier : « Ne me secouez pas je suis pleine de pus. » Ma sœur, cette enfant, cette femme naine aux seins encore nus, va connaître ma peine et mon effroi. Cette petite fleur aux élytres d'or va vivre son affaire et s'arc-bouter sur un socle mortifiant. Je lui ai tout dit avec force détails car je n'ai pas une once d'imagination ; mais c'est bien connu, l'imagination – la folle du logis et autres contes à dormir tranquille – n'appartient qu'aux magiciens de notes et aux jongleurs de mots. On vient me chasser à grand renfort de pierres. Il fait bon fuir. J'ai trouvé une bicoque non loin de l'abattoir, on entend les animaux se buter contre les chicanes. On entend les coups de massue.

LA LÉGENDE
DU SOLEIL NOMADE

UN JOUR de grande chaleur, le goûteur d'étoiles rencontre son ami, le guetteur de l'horizon. C'est à l'heure où l'on voit son ombre se rétrécir comme pour se coller à vos semelles. Ils discutent pendant des heures. Ainsi, ils continuent à se cacher du soleil, à éviter la canicule. Le troupeau est trop jeune et le berger à la tête du campement trop vieux : un berger à l'automne de ses jours.

Le goûteur d'étoiles : « Notre troupeau a grandi dans le désert et depuis l'éternité attend l'herbe fraîche. »

Le guetteur de l'horizon : « J'ai vu les chameaux de la pluie chargés de nuages et d'espérance. Je suis guetteur de l'aube par habitude et tout ce que je prédis arrive toujours. »

Il parle beaucoup moins ces temps-ci, son humeur change au fil des jours.

Le goûteur d'étoiles : « Moi je suis comme tout le monde, je désire qu'on promette des choses. Tiens, je demanderai qu'on me cueille les étoiles une par une, j'aimerais qu'on m'apporte l'azur du ciel et le sel qui fond dans la main. Je frémis d'impatience devant toute promesse. J'aime trop le goût des étoiles… »

Le guetteur de l'horizon : « Garde ton sang-froid, le monde ne s'est pas fait en un seul jour. Continuons de scruter l'horizon. »

Le goûteur d'étoiles : « Non le monde n'est pas fait pour les gens comme moi. »

Chaque fois qu'ils se parlent c'est pour mieux marquer leur discorde. Ce n'est pas étonnant puisque l'un est condamné à regarder à rase-mottes alors que son ami n'a d'yeux que pour le ciel souverain. Un photographe pourrait à la rigueur les réconcilier. Un plan d'ensemble les réunirait quitte à réduire leurs silhouettes. Mais leurs yeux auraient-ils l'occasion de se croiser ? Ils se convaincraient de leur importance. Car on viendrait les écouter mi-dupe mi-malin narrer les histoires dont les gens de la contrée raffolent.

Le goûteur d'étoiles : « La sincérité est nécessaire pour raconter une belle histoire. »

Le guetteur de l'horizon : « Raconte toujours, ces temps-ci on ne sait trop qui va te croire. »

Le ciel avait ce jour-là un manteau d'ébène. C'était, dit-on, un jour de lune montante. Il y avait un ciel terrible puisque l'oracle avait prédit neuf saisons de sécheresse successives. C'eût été miracle qu'il en fût autrement car le berger lui-même avait levé son bivouac. L'heure de sa mort avait-elle sonné ?

Le guetteur de l'horizon : « Raconte-nous plutôt la légende du soleil nomade. »

Le goûteur d'étoiles : « Je te l'ai déjà racontée cent fois. »

Le guetteur de l'horizon : « Raconte-la-moi encore une fois avec ta belle voix d'enchanteur. »

Le goûteur d'étoiles : « Tes désirs sont pour moi des ordres mon cher guetteur. Mais cette fois je ne vais pas narrer la légende du soleil nomade tout seul, il me faut d'abord trouver un public, et jeune de préférence. Deuxième condition : le soleil ne s'est pas couché dans l'immédiat pour qu'on puisse raconter son départ. Je ne suis pas Igal Chirad le poltron. »

Le guetteur de l'horizon : «Nous sommes à la queue du jour. La lumière ne saurait tarder à courir à sa ruine.»

Ils attendirent le coucher du soleil sans cesser de discuter et soudain quand la nuit prit la place du jour, ils se levèrent et firent quelques pas. Puis, ils allumèrent un grand feu.

Le guetteur de l'horizon : «Il fait nuit à présent. J'attends la légende du soleil nomade.»

Le goûteur d'étoiles : «Moi aussi.»

Le guetteur de l'horizon : «Alors cette histoire ? Mon cœur meurt d'impatience.»

Le goûteur d'étoiles (*s'adressant à un public et gesticulant*) : «Qui d'entre vous sait pourquoi le soleil se couche toujours à l'est ?»

Le guetteur de l'horizon (*se sentant visé*) : «À l'est ? Beuh non.»

Le goûteur d'étoiles : «C'est la plus vieille histoire des hommes. Elle remonte selon l'expression consacrée à la nuit des temps. Mais d'abord rectifions l'erreur si souvent commise : le soleil ne se couche pas, non, il se cache. Voilà !»

Le guetteur de l'horizon (*impatient*) : «Il se cache ? Le soleil se cache ? Ouaille aïe aïe.»

Le goûteur d'étoiles (*fier de son coup*) : «Oui monsieur, le so-leil se ca-che. (*Il chausse une paire de lunettes fictive.*) Parfaitement, chers enfants, le soleil se cache à l'approche de la nuit (*puis cherchant une explication*), sinon comment voulez-vous qu'il se lève à l'opposé, c'est-à-dire au ponant, dès que le jour arrive en fanfare?»

Le guetteur de l'horizon (*regarde à gauche puis à droite pour chercher un éventuel soutien*): «Comment se retrouve-t-il alors au couchant? J'attends de toi une explication claire et à ma portée si possible.»

Le goûteur d'étoiles: «C'est bien là le nœud de l'histoire. Comme disaient les Anciens, dans une histoire il y a toujours une autre histoire imbriquée en elle tout comme chaque oignon porte dans ses rondelles un autre oignon plus jeune et plus soyeux.»

Le guetteur de l'horizon (*se laisse emporter*): «Qui pèle un oignon n'a pas fini de pleurer.»

Le goûteur d'étoiles: «Dans la nuit noire le soleil se cache des hommes tel un époux adultérin tandis que tout le monde dort et que seule une hyène rugit par moments. Le soleil, emmitouflé derrière ses nuages, se roule sur lui-même en sens inverse c'est-à-dire d'ouest en est. Il se cache derrière ces nuages afin qu'aucun œil humain ne capte le moindre rayon.»

Le guetteur de l'horizon (*ravi*): «Je le comprends. Vous imaginez le tableau: le soleil dans sa retraite rasant les nuages comme une épouse répudiée. Mais est-ce que les animaux le voient ainsi ? »

Le goûteur d'étoiles : « Les Anciens disaient que l'hyène est capable de le voir, c'est pourquoi elle ne sort jamais le jour car cruelle sera la vengeance du soleil. »

Le guetteur de l'horizon : « Les Anciens disent parfois des sottises. Ils nous servent toujours le même palabre. »

Le goûteur d'étoiles *(grondant comme s'il avait devant lui un cancre)* : « Les Anciens c'est la sagesse, attention à ta tête. »

Le guetteur de l'horizon *(comme un élève qui a bien appris sa leçon)* : « Les Anciens nous ont donné la sagesse et les contes. *(Puis, changeant de sujet)* Mais pourquoi le soleil se cache-t-il des hommes ? »

Le goûteur d'étoiles : « C'est que tous les hommes, toutes les femmes et leurs enfants ne peuvent pas connaître ce genre de privilège. »

Le guetteur de l'horizon : « Mais encore ? »

Le goûteur d'étoiles : « La personne qui a la chance majestueuse de surprendre le Soleil-Roi dans sa déroute, cette personne-là sera récompensée tout au long de sa vie. Tout ce qu'elle touchera aussitôt se couvrira d'or. Ses maigres ressources se multiplieront à l'infini, son troupeau traversera les sécheresses sans crainte. Même ses arrière-petits-enfants connaîtront aussi un avenir exceptionnel.»

Le guetteur de l'horizon *(étonné)*: «Ainsi le soleil peut montrer un visage généreux; il n'est pas seulement cet assassin dans la célèbre chanson.»

Le goûteur d'étoiles: «Bien sûr, il est très difficile de rencontrer le soleil une fois la nuit tombée car il est plus malin que le Diable.»

Le guetteur de l'horizon *(intéressé)*: «Connais-tu quelqu'un qui aurait rencontré le généreux soleil?»

Le goûteur d'étoiles *(comme un maître donnant son dernier cours de l'année)*: «Ma vie, hélas, est trop courte. Il me faudrait quatre ou cinq vies successives.»

Le guetteur de l'horizon: «Je vais poser ma question différemment, est-ce que la mémoire des Anciens dans laquelle tu puises toutes tes histoires a enregistré des cas d'homme ou de femme qui auraient rencontré le soleil battant en retraite?»

Le goûteur d'étoiles: «Oui, la tradition orale a marqué les noms de ces cas sur le tableau noir de la transmission.»

Le guetteur de l'horizon: «Leur connaît-on des qualités particulières?»

Le goûteur d'étoiles: «Il faut avoir surtout le sommeil léger, très léger.»

Le guetteur de l'horizon: «Ce n'est vraiment pas mon cas.»

Le goûteur d'étoiles (*toujours sérieux*): «Il faut avoir, dirais-je, la patience de l'araignée et la volonté de la fourmi.»

Le guetteur de l'horizon: «On ne me connaît ni l'une ni l'autre qualité.»

Le goûteur d'étoiles: «Il faut par-dessus tout avoir des tonnes de bonne fortune, ce qui n'est pas donné à l'habitant de cette terre qui est passé maître dans la pratique de l'horreur.»

Le guetteur de l'horizon (*déçu*): «Te voilà bien sombre, je te vois déambulant dans les labyrinthes de la nuit.»

Le goûteur d'étoiles (*voulant donner du courage à son ami*): «Le comble de la chance, c'est d'avoir le réflexe de toucher l'être aimé à l'instant où l'on voit le soleil rebrousser chemin.»

Le guetteur de l'horizon: «Et pourquoi donc?»

Le goûteur d'étoiles: «Parce que tu nageras dans l'amour à perpétuité.»

Le guetteur de l'horizon (*dépassé*): «Tiens, tiens.»

Le goûteur d'étoiles (*à nouveau sérieux*):

« Cette légende rassemble les trois caractéristiques présentes dans toutes les civilisations, à savoir la foi, l'espoir et la charité. La foi, car le mécréant ne rencontrera jamais le soleil nocturne comme l'hyène tachetée. L'espoir pour contredire toutes les peurs, et la charité pour tisser et conserver les liens entre les hommes, les familles. »

L'un est goûteur d'étoiles, l'autre guetteur de l'horizon. Ensemble ils s'inventent des histoires pour les raconter aux uns et aux autres. Chaque soir ils donnent le spectacle de leur monde. Les écoutera qui voudra.

CHRONIQUE
D'UNE JOURNÉE D'ÉDEN

« Arrêtez le monde, je vais descendre. »
René de Obaldia

L A FRÉQUENTATION des lieux de débauche intéresse les autorités tout comme le clergé local qui ne cache pas son appétence. Les barons expatriés exigent la totalité des filles pour leurs seules ouailles, artilleurs en manque de vin et de fantasia. Le fondateur balance sa tête chenue en signe d'acquiescement. Les jeunes gens doivent quitter la piste et laisser les filles à nos hôtes avides d'amitié. Il en va de notre éthique nationale. Un gros notable, tout en masque et turban, s'est étendu sur le risque de malentendu, avançant l'idée que le pontificat de la pétromonarchie n'admettrait pas un lac de volupté illicite, digne de Gomorrhe et Sodome, en terre d'islam, à un jet de pierre de La Mecque. Il s'est fait sermonner copieusement par le gratin du clergé glapissant. L'invention de la spermathèque (le remugle et le lac de luxure qui en découlent) ne relève pas de son autorité ; c'est une affaire éminemment politique au même titre que la gestion des pistes de danse. Aurions-nous grand tort de croire que les docteurs de la foi ont maille à partir avec les représentants du pouvoir temporel ? Les contingents expatriés y voient une marque de respect, un signe d'obéissance à leur endroit et la preuve d'une coopération saine et adulte. À la vérité, la spermathèque n'a fait que parachever un mouvement déjà en marche, avec notamment la hausse du ticket d'entrée des maisons de tolérance et l'instauration d'un *numerus clausus* pour les fils du pays. La commercialisation des clitoris, des lunes, des hymens et autres nymphes reste le plan Apollon du gouvernement. Aussi vrai que nous avons tous été des embryons, les autochtones suivent de loin les bruits des ébats et les remous de chair, réservés aux happy few. Et quand le cœur leur en dit, ils prennent le chemin de la spermathèque nationale pour se soulager les bourses. Un sourire commercial, une bière ou un Coca et le tour est benoîtement joué. Tout le monde retourne au bidonville dormir jusqu'au lendemain. Certains amas de cellules commentent leur première visite à la spermathèque devant des couilles molles au moment où d'autres vont se coucher. Souvent, des prêtres viennent racheter, à coup d'imprécations et d'anathèmes, les oisillons égarés. Mais l'épouvantail de la vérole, la crainte du tarissement physiologique ou de la contagion n'y change rien. Les commerçants, importateurs de cigarettes, de bières et autres spiritueux, se frottent toujours les mains et font la nique aux négociants et détaillants de la drogue locale réputée anaphrodisiaque – *Catha Edulis Forsk,* dit-on dans les ouvrages sérieux. Ainsi Heineken, le roi batave, tient la dragée haute à l'altier Kronenbourg, son ennemi alsacien. Les roitelets belges (Kriek, Leffe ou Duvel) et danois (Tuborg) se partagent le reste des faveurs. Les filles de la piste prisent les appellations plus rares : Lowenbrau (la blanche), Spaten (de Munich), Killian (la rousse irlandaise), Guinness (la moricaude) ou Pelforth (la robuste du Nord). Les marchandes de sommeil composent des refrains panégyriques, dans la grande tradition poétique indigène, pour ces breuvages alambiqués. De joie, elles se frappent les cuisses qu'elles ont longues et finement effilées. Les visages fardés accueillent les artilleurs à la peau kaolin entre deux boniments. Les premiers rient aux éclats et les seconds bêlent de plus belle en attendant l'envol.

Quand tout va de mal en pis, les filles de la piste se suicident par immolation. Notre chroniqueur national, aux doigts jaunis par la nicotine, assure que la recrudescence du suicide par immolation coïncide avec la diffusion par la télévision des célèbres images d'autocrémation des bonzes vietnamiens à Saigon, à la fin des années soixante. Sur la même page, on peut lire: «Le trafic de neuroleptiques monte en flèche. Les jeunes désœuvrés forment le gros de la clientèle avec les prostitués des deux sexes… La peur d'une nouvelle vague de séisme et la hantise du départ des militaires français sont plus forts que le reste (conflits civils ou régionaux, chômage endémique, sécheresses, etc.)… Quête de sang pour un accouchement à haut risque… On recherche des chasseurs de peaux d'iguane et un avaleur de vierges… Le sang du pays s'est changé en eau d'égout, etc.» Pourquoi se refuse-t-on à ce que la vie d'autrui soit lisse et bien peignée? L'être humain ne serait-il qu'un corps en bonne marche? Pourquoi un malade n'est-il jamais assez écouté? Questions sans réponses dans le journal.

L'État a mis sur pied une spermathèque dans le but avoué de soulager les clans offensifs et les glandes des jeunes gens qui minaudent dans la rue. On a coutume de rabattre, avec le concours des péripatéticiennes, les hommes adultes aptes à échanger leur semence contre menue monnaie. Deux avantages substantiels et complémentaires : *a)* les produits de la spermathèque sont envoyés dans les pétromonarchies pour y être transformés en essences rares, vaseline et huiles médicinales ; *b)* la milice et la police ont noté une accalmie sociale et politique sans précédent, une baisse de la criminalité doublée d'une chute de la courbe des viols diurnes et nocturnes. Au plan strictement économique, la chute de la fréquentation des lieux à haute valeur symbolique (ou « de grande visibilité sociale » selon le chroniqueur aux doigts jaunes – non pas un jaune safran mais un jaune soufre, rien à voir avec l'ambre du whisky ou le soleil du tournesol) comme les bars, les dancings délaissés pour les seuls expatriés, n'entrave aucunement la courbe de la consommation en boissons fortement alcoolisées (Chivas Regal, J & B ou Ballantines pour les fonctionnaires en sueur). Ces résultats ont été annoncés avec une compréhensible gourmandise par notre statisticien national qui s'est vu remettre une grosse enveloppe. La spermathèque est en train de produire les fruits inespérés : un vrai miracle économique à même de susciter des envies chez nos voisins. Notre inquiétude est légitime car nous faisons figure de nombril face aux quarante millions d'Éthiopiens sans parler des autres pays tout aussi riches en *Homo sapiens*, prompts à tuer leurs semblables. Le club inoffensif des femmes ménopausées, mères lointaines et diaphanes, éclairs de vie sur le déclin, a apporté un soutien franc au gouvernement par la voix de son secrétaire général qui arbore des mamelons gros comme des pis de chamelle. Ombre de son ombre au jour d'aujourd'hui, elle s'illuminait sous le regard d'autrui quelques années plus tôt. C'est, à présent, une robuste matrone dans la lignée des babouchkas sans fard, un utérus sans valeur marchande parce que de moins en moins emprunté, un corps impropre à la consommation, des seins qui lui tombent sur le nombril et des sourires asséchés. Elle ignore le rythme qui prend sa source dans les frémissements de la vie organique : l'échographie en passe de remplacer l'interprétation des rêves, le médecin décryptant précisément l'image échographique qui, pour les parents, remplace, du moins en Occident, le sorcier aux mille fétiches ou la diseuse de bonne fortune. L'écran échographique essaie de ramasser en gerbe les émois du bébé et les tout premiers instants d'une vie s'égrènent déjà, le cœur jouant le rôle de métronome. Boum, boum, boum. Territoire intérieur dévoilé ici, occupé depuis longtemps ailleurs.

Raffinement canaille: on impose aux femmes le voile et aux hommes le qamis et la barbe. Rêves de voiles qui fusent comme l'envers du sésame. Quelques-uns s'en vont laver leur linge intime dans la folie, la litote (le tabou social drape le très vil sperme d'une gaze poétique: «salive couleur de lait») ou le silence. Tandis que d'autres jeunes loups, en mal d'ambition, se font, fort opportunément, un honneur de rajeunir les portraits du vieux président qui n'en finit pas de se marier et de divorcer dans toute l'étendue de la République. Vous ne disconviendrez pas qu'il ait là un marché de premier choix. On prétend que le vieil homme crachote dans un gobelet d'argent – il ne reste plus qu'à instaurer un marché pour des gobelets rutilants. Ce qui s'appelle avoir le beurre et le leurre. Même à l'agonie, un chef qui n'abuse pas de son pouvoir est un homme faible, fichu d'avance – de même celui ou celle qui refuse de servir de ventriloque au chef n'a plus rien à espérer, autant titiller le joyau d'une nonne.

Une voix: «Il ne faut pas désespérer de l'homme, c'est le pire des songes.»

Un écho: «Encore faut-il protéger l'homme de l'homme.»

Diderot: «Mes pensées sont des catins.»

Pour les «trognes armées» (Pascal).

C'est le soir, l'heure des chiens aboyeurs et des hommes qui titubent. La nuit et l'horizon sont jumeaux du même sein.

II. TRAMES :

Chaque nouvelle est une caravane,
cap sur le monde.

ODÉON, ODÉON !

« Les deux ou trois images simples et grandes
sur lesquelles le cœur, une première fois,
s'est ouvert. »
Albert Camus, *L'Envers et l'Endroit,* préface.

MON PAYS n'est pas un pays, c'est le khamsin de l'extrême Sahel… À la jonction du
boulevard du Général-de-Gaulle et du boulevard de la République, au bout de cette avenue
que d'aucuns surnomment les Champs-Élysées
locaux, trône un bâtiment rectangulaire affublé
d'une toiture plate, faussement mauresque. Une
grande salle à ciel ouvert qui fut, autrefois, divi-
sée en deux parties inégales, un hall en demi-
lune soutenu par trois colonnes massives abritant
la caisse, l'entrée principale et les panneaux
d'affichage. En contrebas, sur le flanc droit, se
trouve la porte annexe qui s'ouvrait hier sur la
salle dite populaire, du temps où l'Odéon était

bicéphale comme Janus. C'est dans l'antre de l'Odéon que j'ai connu mes premières émotions cinématographiques. On y allait en procession comme pour se rendre à la mosquée. On ressortait par petites grappes se disloquant au fur et à mesure que les quartiers de la ville miasmatique montraient leurs ruelles spongieuses et leurs toits sanieux, rongés par la rouille des ans. Au caravansérail de la place Rimbaud, on respirait le même air empoussiéré, on prenait d'assaut les autobus. Chaque soirée de cinéma était fête. Plus tard, la fièvre du samedi soir (sous le régime colonial) s'est mue en fureur du jeudi soir (le nouveau week-end enfanté par l'Indépendance au milieu de cette année aussi célèbre que la grande sécheresse de 1974 ou l'opération Restore Hope). Il a bien fallu changer quelque chose, me susurre l'autre qui ne demande qu'à m'enseigner la force des mots.

Moteur. L'Odéon est à présent une carcasse de béton, un bateau ivre sans ancre qui dérive sur place. Les spectateurs ont été assommés debout par la crise économique ou débauchés par l'arrivée du magnétoscope et de la cassette vidéo piratée *ad infinitum*. Par voie de conséquence, le seul cinéma du pays ne fonctionne qu'une fois par semaine avec l'aide discrète de l'État qui redoute l'équation «un pays sans cinéma = un pays sans âme» mais censure, avec une belle constance, la moindre scène d'amour.

Flash-back. Dix ans en arrière, sept cinémas fonctionnaient à plein régime dans la grande ville blanche. Il y en avait même un pour projeter des films aux titres gouleyants comme *Le sexe parle, Haro sur le mâle, Vive les callipyges* ou *À l'assaut du mont Vénus* et discriminer les petits garçons curieux de mon âge. Les légionnaires s'engouffraient moins timidement que les appelés; les autochtones s'y rendaient en catimini pour contempler les effeuilleuses étrangères qui, faut-il le dire ici?, n'ont jamais eu la croupe ondulante de nos femmes. Sur son fronton on pouvait lire les lettres chatoyantes d'un nom gros de promesses taboues: L'Éden.

Et il y avait encore l'Olympia, en face de l'Odéon, qui, avant de passer de vie à trépas, jouait au jeu de la concurrence effrénée. Quand le premier affichait Alain Delon le second sortait de sa caverne magique Jean-Paul Belmondo. Si l'un préparait un coup tordu en présentant à la dernière minute un Louis de Funès, Pierre Richard était là pour limiter la casse. L'inspecteur Harry – Clint Eastwood dans le civil – courait après Charles Bronson quand James Coburn ne faisait pas jeu égal avec Anthony Quinn. L'Odéon, ex-bazar sautillant, gît et gémit depuis des lustres. Il se nécrose au plein mitan de la ville utérine. Chant du cygne diront les uns, extrême-onction concluront les autres.

Travelling. Aux abords de la *magala,* la ville indigène, devant le quatrième cinéma, Al-Hilal, il y avait foule, tous les soirs, pour assister aux films indiens ou, plus rarement, égyptiens. Même la vingt-septième nuit du Ramadan, c'est-à-dire «la nuit de la fortune», n'entravait la règle. Ici, pas de décorum ni de hall d'entrée, tout était simple et fonctionnel. On diffusait du matin au soir de la musique : Oum Khalsoum, Farid Al Atrach, les frères Mogueh, Hawa Geelkaad, Asmahan la Libanaise ou encore une nouba vaguement indienne. Passé une modeste porte protégée par un grillage et le sésame du paradis s'offrait à nous tous. Nous chantions à tue-tête avec les plantureuses actrices indiennes, nous manifestions bruyamment pour châtier les méchants patibulaires ou pour sauver la veuve et l'orphelin. Shashi Kapoor officiait en compagnie d'Elias, à moins que ce ne fût Amitav Bachachin (alias «Gaucher»). Écoliers, voyous écervelés, bonnes de quartier et petits notables criaillaient, s'interpellaient et mangeaient tour à tour. Deux heures et demie plus tard, tout le monde se ruait sur l'unique huis – épicentre d'une sismicité chaque fois renouvelée et foyer d'échos. On s'engouffrait alors dans les bus bringuebalants en se promettant de braver le khamsin pour revenir, le lendemain soir, voir le film de karaté avec Wang Wu à défaut d'un Bruce Lee assassiné, disait-on alentour, par des Américains jaloux de son succès mondial. Le petit peuple d'Al-Hilal croisait les gens chics qui s'en allaient à l'Odéon. Pas besoin d'être sociologue pour saisir la notion de frontière car on se rendait aussi à l'Odéon pour se montrer et être vus. Mais les westerns, pour peu que les acteurs aient du coffre, ralliaient les deux groupes qui, ensemble, étanchaient leur soif d'images animées, le temps d'un rêve.

Il y avait, enfin, Le Paris, le plus africain de tous. Il accueillait les meetings politiques et les pièces de théâtre avec un décor des plus sobres : une tribune, deux ou trois microphones, une entrée des artistes. Des tribuns socialistes, venus de Paris, nous promettaient l'indépendance si l'on votait pour le bon candidat – c'était en 1974. On venait voir surtout la guerre, l'histoire, et parfois, des films tokyoïtes pour calmer notre imagination vandale, toujours en partance, prête à rebondir de film en film, de *La Bataille de Midway* au *Pont de la rivière Kwaï* en passant par *La Légion saute sur Kolwezi*. La palme des fréquentation revenait souvent à la série des Shaft où Harlem pour une fois triomphait de l'Amérique blanche grâce à Isaac Hayes. Une véritable cour des Miracles avec des vrais estropiés, des vrais aveugles aux tempes argentées et des vieilles nomades en quête de logis se formait devant Le Paris. Le soleil statique malmenait le ciboulot de tout ce beau monde. Les douze tribus de la pauvreté s'y disputaient l'aumône dans ce recoin de la ville où l'ombre et la lumière se livrent au corps à corps. L'après-midi, la torpeur descendant en cascade sur le quartier vous amenait jusqu'au vertige, on s'abritait sous une arcade ou s'engouffrait dans un bus pour se jouer du tournis. Empire du soleil natal.

Toute la trame brouillée de notre passé s'y trouverait encore dans cet hier. Qui pourrait nous aider à en redessiner les contours sur la nappe du présent ? En tout cas, les démagogues qui se précipitaient au cinéma Le Paris pour s'écouter parler n'ont cure aujourd'hui de l'amnésie générale. Ils écoulent la fausse monnaie de leur incurie. Le déshonneur qui sied à cette ville hémiplégique à mettre sur leur compte mais la liste des doléances, routinièrement reprise par tous ceux qui ouvrent la bouche, est trop longue pour qu'on s'y attarde aujourd'hui.

Rideau. Les lampions se sont éteints sous un ciel de jaspe noir. Nuitée sur les écrans. La lune spectrale, grande mâcheuse de cadavres, pousse son chant profond. Disette d'images. On se désole dans le désert, les babillards psalmodient les litanies à propos de leur destin rabougri. Le cinéma a des airs de *jumperus procera,* l'arbre le plus menacé de la contrée... Mon pays n'est pas un pays, c'est le khamsin de l'extrême Sahel. Le désert chafouin a absorbé toute la sève de la terre et ses résonances secrètes.

AHMET

LA PRIMEUR de mes jours commence à s'en aller, mais tant qu'il m'en reste un peu je brûlerai la fleur de mon âge en affrontant le fantôme de mon géniteur. Ô mystérieuse et cruelle parenté ! La parole est ce carrosse que chevauchent les dieux fous et les indigents du monde entier : les mots et les sons offrent gîte et couvert ; la conjuration du destin, telle est la tâche de la voix. Pour qui sait parler, dire les mots à la manière du grand poète Hadraawi. Ô cruelle parenté ! Ô tragique destin ! Chaque silence peut être complice, la mémoire collective sert d'archives dans cette région qui en manque cruellement. Et ma mère qui s'engonce dans le confort offert par le félon, elle a scellé le sceau de l'alliance avec l'ennemi, elle a forgé une soudure démoniaque avec l'assassin de son mari. Je me traîne entre minuit et midi, les gués où le temps s'arrête un peu comme pour souffler. Ma tête gronde comme un ciel démâté qui a perdu tout équilibre; brassées d'images télescopées, voix de bisaïeuls perdues dans le dédale généalogique, capharnaüm des noms, tout s'y mêle allégrement. Le vent de la trahison souffle des traits de feu, c'est le grand lessivage ethnique. Il va lui-même vous raconter sa part d'histoire, elle est aussi vieille que le château d'Elseneur ou les mosquées de Tombouctou. Il a assisté au meurtre conjugué de son père et son frère, il a feint la folie en attendant de les venger tandis que sa génitrice se fourrait déjà dans la couche du félon. C'est l'histoire d'Ahmet l'enragé, c'est arrivé hier à Xamar, c'est-à-dire Mogadiscio, juste à la veille de la guerre urbaine. Le ciel avait sa couleur habituelle: le rouge sang de Xamar, la capitale où le Diable a élu asile. Et le poète de remplir sa tâche: dire la douleur partagée, le deuil mis en manchette dans le monde entier: «*Xamar waa lagu xumeeyayee / Yaa ku xaal marin doonee* / Xamar tu as été avili / Qui va te rendre ton honneur?» (Ahmed Naji Saad, *Baroordiiqda Xamar,* 1991). Et les squales de monter la garde à l'entrée de la mer Rouge. Et l'océan d'accoucher des nuées de cadavres: des quidams étêtés, des hadjis sans linceul et des méduses anonymes. Décidément, il y a quelque chose de pourri dans la péninsule somalie !

La tête chauve de l'ancêtre fut jetée en pâture aux requins de la médina, la plage était vide d'hommes. Mon oncle s'est abreuvé du sang de mon père Garaad comme s'il s'agissait de lait nourricier. Non, non ce n'est pas le récit d'un cauchemar mais mon authentique héritage. L'opprobre s'est abattu sur le pays à l'instant où un jeune chef effronté arracha le turban de la tête de mon père. Mal lui en prit ! Le félon a ébranlé la foi des anciens et les fondements de l'État. Mais que sont nos ancêtres devenus ? Où est passée leur férocité légendaire ? Aucun d'eux n'aurait laissé passer pareil geste en temps normal. Tous en ont peur aujourd'hui, ils prétendent que l'assassin est marqué au coin de la folie, qu'il entretient commerce avec le diable, qu'il est noir, goulu et cornu. Et lui dans tout ça ? Il tonne ou sourit comme Cerbère, tantôt charmeur tantôt songeur, en attendant de se voir servir le sang juvénile de ses victimes. Certes, les jours de Dieu sont changeants, le chemin de tout homme (et femme) tracé sur le sable du destin mais la peur est là, imprenable comme une forteresse maligne.

Les petits voyous s'excitent à mon approche et me jettent des pierres comme si j'étais un vieux chien galeux, pourtant je ne suis pas aliéné ni mendiant et je n'ai rien d'une tête brûlée. Je les redoute plus que les aléas de la vie ou le fardeau de ma tâche. Je restai tout chose, inerte et coi. Où peut-on se décharger du poids de la peur sinon dans le cœur d'un ami ou d'une tendre épouse ? Mais d'amis ou d'épouse, il y n'en a plus ici depuis une flopée d'années. L'espace d'un cillement, les larmes ruissellent sur mes joues pour inonder mes pieds. Ce que l'œil a vu ici ne peut se raconter, et le soleil lui-même boitille vers son déclin. Conter cela est pure folie, autant aller chercher pitance sur la face cachée de la lune... Pourtant on ne peut s'empêcher d'ouvrir la bouche, alors essayons un peu, essayons toujours... Une volée de malheurs s'abattit sur nous comme des coupe-coupe ou comme les éclairs préludant un orage tropical ; le vent de la mort s'est levé du sud pour saluer mon oncle, ce cloporte sans nom d'un âge avantageusement incertain. On a vu des animaux nourrir des bébés abandonnés. C'est parti, nous avons tout empesté. Les générations futures auront du mal à ensoleiller de nouveau cette terre. Vaste est l'ampleur du désastre : trop de morts chez nous.

Nous, c'est qui ? Notre pays secoué de délires et de pleurs, entre Charybde et Scylla ? Les silhouettes sans ombre ni chair ? Les enfants dressés pour tuer et qui, à six ou dix ans, s'acquittent de leur besogne sans pitié ni remords ? Les mille et un naufragés du destin se terrant dans les gourbis ou bataillant contre l'insomnie ? Les vautours, immobiles dans le ciel, préludant une tuerie ? L'araignée qui ourdit sa toile pour sa propre survie ? Nous sommes tous les enfants de la même peur : celle qui donne des papillons dans le ventre, celle qui consiste à creuser sa tombe ou préparer son linceul.

Tous, on le sait, nous sommes de passage sur cette terre, mon oncle ne voit pas la gangrène gagner son palais ; ce sont là les derniers jours du dinosaure, c'est l'automne du traître et le crépuscule de son régime. Ah ! le chameau ! Trop d'hommes sont morts à cause de lui ! Un flanc de l'humanité est défait à cause de lui. Il me faut quitter cette terre et ne plus la regretter. À côté de lui, ma mère quête la mémoire de ses printemps, elle sait plaire, elle veut plaire, victime du charme de mon oncle Khalid et de ses nombreux et jeunes lieutenants comme Barreh ou Farid. Les secrets d'alcôve passent de bouche en bouche et circulent sur la place publique – je ne sais pas mentir, l'Unique m'est témoin.

Je vous livre mon récit de chair et de sang, le testament tourmenté de ma vie que d'autres ont disséqué avant moi ; les versions se suivent et se ressemblent un peu. Moi Ahmet, le neveu révolté, le soldat haillonneux riche seulement d'espoir et de crasse, je vous parle du royaume pourri et de la famille disloquée. Le chas par lequel la vie sourd n'est pas toujours, comme on le dit dans les contes, un cœur de soie et d'amour. Regardez ma mère, regardez cette contrée tatouée par la misère et embastillée par mon oncle, regardez enfin ma vengeance désespérée. Elle n'est pas née un beau jour, comme le prétend ma mère, sur la carte de mes chimères ou provoquée par le fantôme du monarque défunt. Le péril est présent sous mes yeux, il n'est pas engendré seulement par l'arbre de mon imagination : chaque jour que l'Unique fait voit un grand nombre d'individus partir avec leur linceul dans une main, une pelle dans l'autre. Et plus de traces au royaume des sordides vacances. C'est à la loterie quotidienne au coin de la rue ; on s'invente des blagues macabres en guettant son tour comme sur un quai de gare, on n'est pas solidaire pour deux sous dans ce théâtre funeste.

Des pétales écrasés gisent tout au long du chemin, au bout, un cimetière face à la mer. Cette vie sous la coupe de mon oncle n'est pas la vraie vie, c'est un passage sombre, une attente de la vie. Les apparitions fugaces de mon père ne disent rien d'autre, elles m'incitent et m'encouragent jusqu'à la transe et moi, de mon côté, je ne puis me dérober, la lutte continue encore et toujours. Son terme? Une fois ma vengeance accomplie, pas avant. Je refuse de suivre les sirènes pacifiques qui prônent l'oubli et le pardon. Oublier m'est impossible, mieux vaut mourir encagé ou écartelé. Je vous livre le fil de mon récit car je refuse le tombeau du silence, même après ma mort. Retenez au moins la trame: Ahmet ne pardonne pas, il n'oublie pas. Il s'entête à fouiner dans tout le territoire mémoriel pour recouvrer l'honneur de son père: «*Xamar waa lagu xumeeyayee / Yaa ku xaal marin doonee / Xamar, tu as été avili / Qui va te rendre ton honneur?*»

HOMME LAMBDA
ET TEMPS ATOMIQUE

> *« Ce caravansérail*
> *qu'on appelle le monde tombe*
> *à double couleur, que jour ou nuit inonde… »*
> Omar Khayam

UN RÉCIT écrit à quatre mains, à l'encre généreuse. Un jour de déveine devenue éternité. Un horizon neuf qui s'offre comme un pain chaud ou une amante en fleur. Une vie qui s'en va, volatile ainsi que l'ouate. Un vieillard, en panne d'entrain, qui s'accroche à la vie comme l'ongle à la chair. À chaque être son chemin de Damas. Bestiaire de songes.

Répondre à la question : « Qui suis-je ? », c'est se faire Dieu, sortir de l'enfance, manier des quartiers de mots. Pourtant, le sabre de midi tombe sur nos têtes comme à l'accoutumée car le soleil mène grand bal dans le ciel. Ici, la vie n'est pas un bateau ivre. On croise des semeurs de

nuages, des dompteurs de verbe, des voix robo-
tiques, des fragments de rêve, des funambules du
bitume et des redresseurs d'ombre. De temps à
autre, un bruit suspect touille l'oreille, sont-ce
des pneus grinçant sur la route (pardon, de route
il n'y a point sinon en imagination)? On mur-
mure un doux filet musical, moitié divin moitié
quotidien. On raconte le récit d'un mendiant
qui, depuis quatre ans, met la ville à rude
épreuve. Un soir, à la sortie de la prière, un qui-
dam lui demande :

« Tu vois bien que ça ne sert à rien, le monde
ne changera pas malgré ta volonté, alors pourquoi s'entêter, pourquoi continuer ? »

Et le mendiant de répondre : « Je continue
pour que le monde ne change pas. »

Le mendiant est le petit frère de Job, l'icône
de la pauvreté. Il porte un pagne albâtre et fait
ses délices des restes d'autrui. Des bribes de
vérité lui reviennent en mémoire comme lorsqu'il prononce cette étrange et incompréhen-
sible phrase : « L'empereur est tué, sa tête pro-
menée jusqu'en Alexandrie. » Quelquefois, il
répète cette autre phrase tout aussi énigma-
tique : « Je suis citoyen d'un monde inachevé. »
Excepté le jeu de phrases érudites (certaines
sont de lui, d'autres d'Aflatun), le mendiant est

riche en paradoxes, ou plutôt il multiplie les contradictions pour mieux nous guider – osons le mot exact : instruire. Il lui arrive souvent de disserter sur son thème favori : «Le désert pas toujours rose des cavalcades ancestrales.» Ce n'est pas la mer qui avance, contrairement à ce qu'on aurait pu craindre, mais les dunes sablonneuses qui grignotent l'espace vital. Mais, ajoute-t-il, il faut espoir garder. Pardonner et ne pas oublier. Regarder d'un même œil le noble et l'ignoble. D'autres fois, il contemple le ciel : la seule horloge qu'il sache consulter. Il est sûrement midi, le ciel a partie liée avec cet homme. Ils sont de la même engeance. Il y a une amitié cordée entre eux. Il sait aussi imiter le muezzin : il met sa main en conque sur une oreille pour ne pas faire de fausse note. Il habite dans un pays lambda, ce pédoncule qui attache l'Afrique à l'Asie, une ville où les chèvres peuvent dormir au milieu de la route sans être dérangées par les automobilistes. Ici, on voit ce qu'il advient des hommes ou des objets hors norme, depuis Adam ils échouent dans la poubelle, leur cimetière céleste. Ils suivront pas à pas leur propre enterrement. D'autres suivront la trace de leurs blessures réelles. Humeur d'encre.

Chaque année, il a encore l'âge de ses rêves. Refusant de conjuguer l'avenir au passé, il tente de percer, pour nous, les longs couloirs du présent obscur. La vie est une ombre en marche. Et le temps une donnée très élastique: «Demain» signifie dans trois ou quatre jours, et les heures restent imprimées en lettres de feu sur la rétine. Le pessimisme incurable des autochtones n'a pas eu cours chez lui. C'est qu'ils ne regardent pas la vie du même œilleton. Inondations, tremblements telluriques, éruptions volcaniques, failles et dérives de plaques, tous ces présages sont à portée de main. Ici, la terre a un parfum d'apocalypse. Elle est à fleur de magma. On ne vit pas impunément sur cette contrée chamarrée. Seuls les mécréants, les lâches, les jouisseurs impétueux se cacheront derrière le voile de l'ignorance. Ils m'écoutent sans m'écouter comme les flatteurs de service qui croient m'honorer de leur présence en distillant du venin autour de moi. Ils présument que la vie est un monceau d'instants sans relief ni âme. Ils parlent de la vie comme s'il s'agissait d'une maladie. Uvéite, otite, vie. La vraie maladie c'est la folie (tempête sous le crâne, torrent de mauvais souvenirs à fleur de mots). Pour les choquer je leur ai dit que le ciel, avec qui j'ai partie liée, chie sur les terriens. Pour-

quoi ? Pour les réveiller, pardi. Imaginez un berger du Gobaad* recevant sur le haut du crâne un
étron pondu par un Boeing en mission humani-
taire. Il s'écrierait : «Dieu vous rende la monnaie
de votre pièce» et leur souhaiterait un joli crash
entre autres joyeusetés. À cet instant, le soleil, ce
bourricot doré en demi-sommeil, sortirait de la
zone de turbulences, montrant son faciès de
moribond. Les nuages ressembleraient à des gru-
meaux de graisse. Le ciel : un paysage couen-
neux.

Ils me ressortent les topiques habituels sur les
Tropiques tristes, affamés et insalubres. La faim
y est aussi lourde qu'un sac de sable mouillé. Il
est encore et toujours question de la joue creuse
de ceux qui ne connaissent que la famine, de
ceux qui perdent les cheveux faute de capital
capillaire et de la précocité de la mort sur le par-
cours de la vie. Ils opposent le destin taiseux des
pères au verbe tiraillé des fils. Je leur réponds
que tout le monde est logé à la même enseigne, il
n'y a pas que les Tropiques qui soient en disgrâce
divine. Regardez autour de vous, ne voyez-vous
pas que la Terre ne tourne plus rond ? Ou plutôt

---

* *Plaine sablonneuse au sud-ouest de Djibouti.*

elle ne suit plus la même ronde, elle est en retard d'une seconde tous les ans. Imaginez la rigolade lorsque le Jugement dernier sera reporté à une date ultérieure, voire annulé. Imaginez la tête du taureau porteur de l'univers. Non décidément la Terre ne tourne plus rond. Vasque tournant sur elle-même, la Terre avait l'habitude de donner l'heure, la lumière et la vie. Alors qu'au jour d'aujourd'hui les gens sérieux, les scientifiques, les boursicoteurs et les tour operators affichent une défiance de plus en plus grande à son égard. La Bourse n'aime pas les incertitudes, affirment-ils tout en pinçant les lèvres. Du coup, les scientifiques ont inventé l'antidote, un truc infaillible jusqu'à preuve du contraire. C'est le temps atomique qui s'en fiche de la farandole de la vieille folle charismatique. Il donne l'heure exacte au millième de seconde. Les vieilles lunes du siècle finissant n'ont plus qu'à se tenir tranquilles. Ils croisent déjà avec la mort, seule amante à leur mesure.

FEU MON PÈRE, REVIENS

> *« La mort a pour tous un regard.*
> *La mort viendra et elle aura tes yeux. »*
> Cesare Pavese

LES VIEILLES LUNES du quartier n'ont plus qu'à se tenir tranquilles sous le joug solaire : ils toisent déjà la grande faucheuse, seule amante à leur horizon. Mon père va revenir pour leur donner un grand coup de pied au coccyx. Ces bœufs endimanchés veulent prendre en secondes noces ma veuve de mère, comme le veut la tradition. Dès lors, quel avenir pour moi ? Il ne me restera plus qu'à endosser la tunique de Nessus. Feu mon père, reviens vite. Ici, la nuit est plus impénétrable qu'une vierge nomade. Mon grand funambule de père exorcisait, par sa voix et sa musique, ce que la vie a d'insupportable et d'ignoble, de cafardeux et d'hivernal. Il disait que le silence compose une grande partie de la conversation mais personne ne le comprenait. Avant d'être occis par les nervis du tyran bien-aimé, mon père, ce panseur d'âmes, était, la tendre enfance passée, chanteur de *guux,* le blues de chez nous. Il avait interprété toutes les grandes lumières de la contrée, du Sayyid à Abdi Qays en passant par Oumar Dhoulé ou les frères Hamarkodh. Soiffard les jours de grand soleil, dieu parmi les bovins locaux, il chantait le passé impur depuis le temps d'outre-temps. À peine dix jours d'absence et le ciel a pris un sérieux coup de vieux, ma mère s'est abîmée dans les tranchées du silence – hors la vie. Et moi, juste dix ans et déjà une vraie graine d'ordure. Reviens, père, reviens. Secoue les pierres du cimetière, perce la terre, ôte-toi de la poussière, lève-toi et marche. Reviens, reviens sinon… je deviens comme eux. Ici, la vie est une souillure fluviale que nul ne saurait endiguer. Les montagnes brûlent comme fétus de paille, les rivières menacent de s'évanouir et les chiens n'aboient plus. Alors reviens, sinon je deviens comme eux. Je veux rester intègre comme toi. Je veux demeurer ta voix, ton ombre, ton excroissance, ton sang, ta texture splendide, ta salive, tes bras velus. Je veux chanter comme toi *Burti Caareey*; je réveillerai Furshed, Aden Farah, Abdi Bow-

Bow et Qarshileh. J'appellerai, à la rescousse, Ahmed Naji et Hadraawi, Hamad Lacde et Timacaade, Nima Djama et Fatouma Ahmed. Il faut qu'ils jouent avec moi et pour toi. Je vais passer mon temps à clamer ton nom. Je suis pleinement ta douleur. Ici, le patriarche a écrit partout (en lettres de sang): «L'avenir, c'est moi» avec, en guise d'avertissement: «Si je vais en enfer, nous irons tous ensemble.» Siad est mort, il nous a laissé l'enfer, comme de coutume, avant de s'enterrer dans son village de Geedo. Quel tendre chef! B. W. Andrzejewski, l'éminent dégustateur de nos langues délicates, est mort hier à Londres. Amin! Partout, il y a des yeux sanglants qui m'épient. Partout, des flambées de chair qui me signifient «Chut, dors, enfant, et laisse les morts en paix.» Reviens père, reviens sinon ma mort s'en vient. Ma vie ne tient que sur un fil ténu: j'agonise de peur. Depuis dix jours, je tiens, dans ma tête, le grand livre de comptes: les secondes s'amoncellent sur l'écume des jours, les minutes floconnent une à une, les heures... Oui, les heures s'agglutinent comme des gouttes de mercure. Les heures, savamment sourdes, s'éternisent sur le marbre de ma mémoire. Reviens père, reviens sinon c'est moi qui viens me blottir dans ton giron. Pour toujours.

Longtemps, nous avions soupé d'espoir, beaucoup d'espoir et d'euphorie, avec un nuage d'angoisse mais aucun regard critique ou rétrospectif. C'est dire, le plus dur est devant nous. Cap sur la ruine et cape de nuit. Reviens, mon père, reviens ! Le soleil ne décolère plus. Lointaine est ton étoile, l'étage supérieur d'où l'on ne redescend plus. Demain est d'encre, l'horizon épure.

La vie un tissu de rêve... le fouet du rire... une pensée est une fiction qu'on propose pour mettre un peu d'ordre dans la belle confusion. Il ne reste plus qu'à forger... la machine à coudre des rêves. Demain est d'encre, mais je ne veux pas partir. Je ne veux pas prendre la poudre d'escampette, du moins pas aujourd'hui. Un soir où la lune était fardée comme une geisha, tu m'as dit, dans un moment de prémonition, ces mots inoubliables :

« Tu dis : "J'irai dans d'autres pays, sur d'autres mers, une autre ville se trouvera meilleure que celle-ci..." Tu ne trouveras pas de nouveaux pays ni de mers nouvelles. La ville te suivra. Tu tourneras dans les mêmes rues et dans les mêmes quartiers, tu vieilliras et dans ces mêmes maisons tu blanchiras. Tu arriveras toujours dans cette ville. Pour l'ailleurs – n'espère pas – pas de navire pour toi, pas de route*. »

Où que tu ailles, quoi que tu fasses, tu emporteras ton pays sur ton dos et n'en déplaise à ceux qui veulent se persuader du contraire, on ne peut s'exiler de soi-même. C'était ton credo, je t'écoutais. Quel que soit le nombre d'années passées à l'étranger et les charmes de l'exil, la nostalgie te tisonnera et l'appel du pays est plus fort que les tentations du tout-monde. Séduit et confit, je buvais tes mots. Non, toi tu ne savais pas vibrer pour les grandes formules magiques comme « essence tribale », « honneur du clan », « arbre généalogique » ou même « patrie. » « Ton peuple », qui était-il ? Où était-il ? Tu rajoutais toujours du doute au doute. Ta vie abrasive valait bien son grand prix, la mienne est déjà en miettes. On m'a raconté que, dans ta jeunesse, tu étais un avaleur de vierges. Tu avais grand faim de ces bouquets de filles – bouches ourlées, joues en pétales empourprés, seins gonflés de désir, longs cils et paupières ouvertes sur des amandes.

_____

* _La Ville_, de Constantin Cavafy, poèmes (traduction par Ange S. Vlashos), éditions Icaros, Athènes, 1983.

Des filles en poèmes, oui, des fruits poussent sous leurs aisselles. Au commencement était cette goutte de lait qui m'a donné vie. Je veux, à présent, témoigner, ne rien cacher, faire sonner, dans le souvenir et dans la page, tes mots doux et ton visage oblong. Tu restes ma mémoire d'outre-mère, le parfum entêtant de ton corps – sec et singulier. Reviens, mon père, reviens pour recoller les morceaux de mon cahier nomade. Je suis en train d'écrire ton épitaphe. Reviens, ta logique ne m'effraie plus, je n'irai plus me camoufler sous les rideaux de mon enfance, au mépris de ta patience. Dénicheur de songes, reviens. Je parle aujourd'hui les mots simples des adultes : se nourrir, courir, mourir. Ma mère est davantage l'ombre d'une femme qu'une femme. J'aimerais mieux peindre qu'écrire pour te décrire Mère. Les pinceaux me manquent, j'enfourche l'éloquence. Le résultat est-il du pareil au mieux ?, j'en doute. Son ombre s'évanouit au fil des lignes, elle se fait absence, elle se fait histoire. L'approcher en catimini, la saisir à la dérobée pour diagnostiquer son mal immense ? Peine perdue. Sa trace se disloque, ses traits sont furtifs et comme hachurés. Morne portrait, paysage monochrome. Elle a signé un armistice avec le présent et ne lui adresse plus la parole. La parentèle aux allures militaires ? Disparue, plus de traces dans mon cerveau. Le temps a passé. Mes souvenirs, tout juste grisonnants. Il ne reste plus que toi. Tant qu'il y a interrogation, il y a sans doute espérance. Si la douleur pouvait s'échanger en francs, je serais sûrement millionnaire. Je me racle – ma voix est sans timbre – et te supplie à nouveau : reviens, reviens. Je côtoie ta tombe, j'habite à côté. Je peux te la décrire car des nuées de criquets s'amoncellent au-dessus, des fleurs sanguinolentes poussent en dessous – elles étourdissent les fourmis qui s'y aventurent. Dans un coin, un acacia, fort décrépit, s'étire pour tutoyer la lune interdite. Son obstination me donne le vertige ; à son âge, espère-t-il un retour épiphanique à la vie ? Ça doit être réciproque, il se détourne sitôt qu'il croise mon regard.

FACE DE LUNE

DOUÉ DÈS SA NAISSANCE, ce gosse forçait l'admiration de ses petits camarades ; tête baissée, cap sur l'avenir, il fonçait toujours et semait partout le rire et la gaieté. Il abhorrait les tergiversations, ne pardonnait jamais un acte de lâcheté et avait l'art de raconter à la perfection les déconvenues de ses voisins, les mésaventures amoureuses de l'épicier yéménite du quartier ou la douce folie du gardien de son école.

On le regardait avec des yeux tout ronds. La magie de son regard malicieux, son sourire singulier, les petits plissements sur ses joues, tout cela lui conférait un charme inné : ce talent de raconter avec la note qu'il faut, de glisser un silence entre deux mots pour créer un suspense et relancer l'histoire. Son visage était franc, ses yeux brillants et rieurs, sa bouche lippue. On le savait magnanime. On aurait dit un conteur professionnel, au théâtre il raflerait les meilleurs rôles, les grands succès. Il envoûterait son public jusqu'à la transe. Il cristalliserait sa troupe, il en serait l'idole et le porte-drapeau. Bien entendu, il jouerait les plus grands classiques, Shakespeare, Molière et Tchekhov, mais également Pirandello et Soyinka, Beckett et Tchicaya. Il galvaniserait Paris, séduirait Londres puis Broadway, Rome se jetterait à ses pieds, il lui préférerait Lagos et La Havane. Haïti (ses loas et sa crasse) le tenterait, puis Addis, Rabat et Djibouti. Jeune homme doué et pressé, on le comprendrait. La presse et la critique internationales le chouchouteraient, lui tresseraient des lauriers, loueraient sa généalogie. On suivrait chacun de ses mouvements, guetterait l'ombre d'un infime geste de lassitude – ou de caprice. Enfin, vers la fin de sa carrière il retournerait aux sources, découvrirait l'Inde, l'Égypte, puis s'incrusterait en Afrique où il jouerait, sans barouf ni contrepartie, Kateb Yacine et Hassan Sheikh Moumine. Il lirait à haute voix Césaire, Senghor, Hughes, Damas, Depestre, Dib et Glissant, ces grands-pères d'hier et d'aujourd'hui. Désormais il serait considéré comme un monument ; son épouse, alliant beauté et bonté, l'épaulerait. Grand-père, il soignerait une belle barbe rousse et blanche. Partout il secourrait les nécessiteux, prendrait sous son aile les jeunes artistes tout autant que la pléiade de ses petits-enfants. Il laisserait un éclat inoxydable dans le cœur de tous ceux qui l'ont approché.

Il était né dans un gourbi, il avait gardé des brebis. Sa mère était pauvre, son père déjà mort quand il vint au monde sans crier gare. À sa naissance, il était déjà marqué par le destin : il tenait dans sa main droite un fémur humain – un signe on ne peut plus éclatant pour l'oracle du campement. Très tôt il se savait porteur d'une énergie particulière et demeurait en toutes occasions maître de lui-même. Du reste, il cultivait les symboles, et la tache de vin sur la joue gauche n'était pas non plus un fait du hasard. On prétend qu'il prenait langue avec les djinns.

Il ferait un grand guerrier, un peu comme le Chevalier à la Triste Figure. Il prendrait en main les rênes du pays, pour lui éviter les égarements de certains. Avec le courage et la superbe qu'on lui connaît il s'acquitterait parfaitement de sa mission. N'importe quelle mission. En terre d'islam il serait un homme vertueux, un authentique croyant qui mériterait l'imamat – pas de ces religieux fiévreux promenant leur bedaine dans les allées du pouvoir. Il prendrait soin de sa mosquée, prodiguerait moult conseils à ses fidèles. Au pays des chrétiens, il se montrerait bon pasteur ou bon prêtre. À Harar, il vouerait une saine haine à ce vagabond de Rimbaud qui se préparait, dit-on, à empoisonner tous les chiens errants. En mer, il fendrait les eaux tel un Moïse infatigable. Il goûterait le nectar des Rois, à tous égards il serait leur égal. Il posséderait sa troupe d'accueil, ses fantassins, ses clowns, son joueur de luth, son poète flatteur, son sérail et ses multiples, un peu comme les Négus abyssins. Il se cacherait dans l'excellente brousse généalogique inventée pour la circonstance par ses fidèles griots, il aurait ses victoires à lui dédiées : son Adoua, son Waterloo. Il ferait, comme son rang l'exige, des croisades, des guerres des étoiles ; il ouvrirait des routes d'Orient, des voies de soie, d'onguents et de cachemire. Il forerait des puits d'or et de pétrole et des barrages d'Assouan. Il dompterait des chutes du Niagara, explorerait des Nil d'avant Livingstone et consorts, contournerait le cap de Bonne Espérance et monterait des vraies amazones de Guyane et d'Amazonie. Il contemplerait sa Muraille de Chine, l'unique

œuvre humaine visible depuis les plaines déser-
tiques de la Lune où l'oxygène est plus précieux
que les neiges du Kilimandjaro mais où l'on
pourra, qui sait?, amener paître des troupeaux
de dromadaires ou de rennes nordiques. Enfin, il
ramènerait des fortunes de conquistadors, il
convertirait des païens et des Papous.

Il n'aurait pas d'âge, du moins on hésiterait à
lui en donner un. Sa mère serait morte bien des
années après son triomphe sur les scènes du
monde entier. Elle n'aurait guère de regret, son
fils prodigue lui aurait procuré toutes les joies,
lui aurait vite fait oublier la mort précoce d'un
époux ordinaire : un homme riche de rien, pas
même une esquille. Elle en était restée consolée
mais un peu mélancolique, naviguant périlleuse-
ment entre deux rives, celle du mari et celle du
fils. Elle se contentait de pleurer à voix basse
lorsqu'on lui faisait part des exploits du fils qui
n'avait de cesse d'inscrire dans l'éclat ses rêves
les plus fous. On pouvait lire sur son visage le
travail accompli par le temps, le front poli, la
bouche édentée, l'œil sec et le rictus constant. Le
regard du fils s'attardait sur elle, s'attendrissait
aussi – il sentait qu'elle lui savait gré de sa com-
passion. Il entrait dans le giron de la mère pour

recevoir à nouveau la bénédiction promise ; cette femme kangourou qui commençait à nourrir à coup de mots et de gestes doux au pipirite chantant. Elle savait créer un monde-fils à partir du monde-père qu'elle avait connu et choyé pendant une volée d'années. Relier le visible à l'invisible, c'est cela aussi le privilège de la création qui n'est jamais purement contemplative, même dans le cas d'une mère aimante devant son enfant. En un mot, elle était toujours la reine d'antan, et les soleils – années – de l'enfance rayonnent encore au jour d'aujourd'hui.

VUE SUR MAUSOLÉE

LE MUEZZIN est dans ses meilleurs jours : il a le vibrato émouvant d'Oum Khalthoum – une salve de bonheur. Il est loin le temps du muezzin bégayant comme un crabe prisonnier des vagues. Le muezzin a en ces jours la voix claire, apte à lancer des oriflammes à la gloire pérenne du Seigneur. L'alcool lui brûle la gorge et son inconscient mutilé. Les tabous ont pris leur envol sur une natte. Quelqu'un les a surpris sur un petit nuage dodu. Les tabous se sont envolés par la fenêtre ouverte par le muezzin qui n'est pas saoul pour deux sous. Chaque nuit, à l'heure où se promènent d'ordinaire les fauves nyctalopes, Daher jette ses états d'âme en pâture à son maigre public. Il livre dans le désordre, au gré de sa pensée migrante, quelques bribes de vérité. Il est Schéhérazade, il retient son public dans les rets de ses récits gigognes. Comme la conteuse orientale, sa vie est menacée : on lui a refusé son passeport, on le garde sous une éprouvante épée de Damoclès tenue par un crin de papier. Mais, grâce à Dieu, il demeure la plus belle voix de la contrée – Oum Khalthoum officiant l'appel aux fidèles. Et son nom – Daher – est exempt de toute souillure. Daher : c'est du linge immaculé ; le d, le h et le r se fondant dans une heureuse euphonie ; une harmonie que prolonge le a et le e. Daher c'est l'émasculée conception, la parole nomade. Prononcez « Daher » et vous sentirez du miel dans la bouche.

La peur reste, dit-il, le sérail de mes jours. J'ai des comptes à régler avec beaucoup de monde car c'est moi qui les appelle à la prière, c'est moi qui les arrache à l'ossuaire de leurs souvenirs. Grâce à moi ils s'animent et se comportent comme des hommes. J'aime m'exprimer à l'heure où s'embrume l'esprit des autres, où les yeux rougissent et leurs genoux fléchissent. Aucun de mes fidèles ne connaît, par exemple, l'histoire de Hakim B'nou Hakim le faux prophète du VIIIe siècle surnommé al-maqanna (le voilé) parce que son attribut le plus voyant était le voile à tout instant : qu'il pleuve, qu'il tonne ou qu'il vente. Aucun de mes dévots au solide embonpoint ne soupçonne le fardeau du voile mental sur les épaules de leurs épouses ou sur leurs propres épaules. Le muezzin est dans ses meilleurs jours, il a le timbre de la Somalienne Mariène Moursal au faîte de sa gloire. Il puise ses histoires dans le fonds commun de notre imaginaire populaire que d'autres ont taxé de « réalisme merveilleux. » Il s'applique à déconstruire les fils classiques de notre tradition narrative qui n'est ni plus réelle, ni plus merveilleuse que toutes les autres. Daher c'est la tisseuse Pénélope attendant le retour d'Ulysse. C'est Aladin escomptant le réveil du magicien de la lampe. Ce sont les derniers instants avant le « Cric Crac » de la foule devant le conteur. C'est le muezzin trouant la nuit vierge de bruits et d'échos. La nuit : ce marché de la crédibilité populaire où poussent les vertes semences de l'imagination. Une boîte de Pandore à jamais recouverte. Daher pose une question trop difficile pour toute la foule l'encerclant. Il s'en vient donc avec cette question : « Quel est le seul pays au monde dont le nom fait référence au Christ ? » Bouches cousues et têtes courbées. Non pas le Vatican, cherchez encore. Personne ne sait. Eh bien, la réponse est… : « El Salvador. Le Sauveur. » Quelqu'un soupire qu'une telle question ne peut être fournie que par le muezzin.

Daher garde son quant-à-soi lorsqu'un monde de questions commence à le tourmenter. Il y a des lunes et des soleils qu'il ne se laisse plus désarçonner par les pièges métaphysiques qui guettent les adultes lucides. Il goûte l'heur où et quand il le trouve. Pourtant, pense-t-il, ils me promettent le bûcher final – la nuit s'effrite sous les assauts de la brise. Cinq fois par jour je monte sur le toit de la ville, je tutoie le ciel gris et domine sans arrogance le commun des fidèles. On me prête des souillures étrangères, des effluves d'alcool fort. Moi je m'incruste sur mon trône. Je donne l'aumône à qui me le demande. Je m'envole pour le Taj Mahal – j'y bois ma bouteille. La nuit a les lèvres fleuries d'un sourire obscène. J'enfourche la courbe du temps.

Comme mon grand maître Abû Nawas je ne supporte pas les femmes éplorées mais je mène dans son sillage une vie qui s'en va comme un frêle esquif, une vie plus lisse qu'une jacinthe d'eau, plus légère que l'ouate.

Daher revient dans ses pérégrinations au même décor : un paysage rocailleux parsemé de touffes d'herbes où, çà et là, des petites chèvres à poil blanc trouvent leur bonheur de tous les jours. Deux jeunes bergères, cheveux en natte, flottant dans les habits diaprés, sereines dans leurs sandales de Chine, montent la garde sous un ciel qu'on devine inclément. Les mauvaises langues diront que Daher a le délire sur le bout de la langue, que son imagination est aussi débridée qu'un étalon d'Arabie. Lui ne tranchera point. Moi je consigne dans mon cahier étroit ce qu'il me fera comprendre. Il fut le premier à nous mettre en garde contre les nouvelles solidarités, sans visages, administratives et donc anonymes. Pourtant on lui coudra avec maestria un manteau de douteuse réputation. Ils diront que Daher a l'art de changer l'eau bénite en vinaigre ou de rendre inféconde la poule aux œufs dorés. Sur ce, ils nous bailleront un bonsoir avant d'aller colporter ailleurs leur mauvais tissu. La tribu moutonnière se retirera derrière les rideaux des ténèbres encore sculptés par des sillons de lumière.

Ils veulent pour moi, dit-il, le repos du guerrier et le sommeil du juste. Mais, croyez-moi, j'aurai pour eux des yeux de lynx et une queue de scorpion. Pendant qu'ils ronflent je retraverserai autant de pays qu'il leur est donné d'imaginer. Je ne me laisserai pas occire pour rien. J'éclate de santé. Je m'étonne de la morale hygiéniste de mes concitoyens qui vivent toutefois dans des antres peu hygiéniques. Conscience de reptile que la langue et l'écriture peuvent dévoiler. Il y a là matière à réflexion. C'est une affaire entendue, diraient les hommes du sérail. Un peu plus loin je note que les chants de Jérémie ont trouvé leur répons dans ce pays riche de désespoir. Il y a beau temps que Jérémie-le-pleurard a été adopté comme saint patron par nous. Le clairon festif ne sonne plus de nos jours, même pour les mariages. Daher ne convoite pas, Dieu lui est témoin, l'estime des bagnolés, des parabolés et autres privilégiés car lui se crève la vie pour un portefeuille en peau de chagrin. Dans cet arrière-monde menaçant et dédaléen il faut être un alchimiste à l'instar de Daher pour survivre dans l'éternel intemporel.

À quatre heures du matin, le muezzin a la fraîcheur d'un toit de chaume après la pluie. À quatre heures du matin, le muezzin a la bouche pâteuse d'un exilé sur le retour au pays natal. Il n'arrive pas à articuler une phrase, le bégaiement reprend ses officines d'autrefois. Son bégaiement, son corps vaincu, sa voix défaite, son âme en partance. À cinq heures du matin, il convoque dans ses exposés des figures aussi divergentes que Napoléon et Abû Nawas, Hitler, Cheikh Anta Diop et Confucius. Ni prophète ni meneur d'hommes, juste un conteur qui sait le long écoulement du chapelet temporel : le lit de pierre, l'ordalie quotidienne qui attend tout homme. Le muezzin habite la mosquée parce qu'il ne possède pas un lieu privé qu'il puisse appeler « ma maison ». Le jour, la mosquée est un lieu de dévotion, d'adoration et de prière tandis que la nuit elle se mue en un habitat partagé, impersonnel, intemporel, blanc et ordonné. Le visage de Daher y est bouleversant de fragilité et de mélancolie entre les seins naissants du jour. Connaît-il, à cet instant, ce malheur qu'on dit ami des poètes ?

GENS DE D.

> *«Je vous écris d'un pays lointain.»*
> Henri Michaux

Ouverture

Les roches cramoisies, les dunes pentues ne souffrent pas du vent chaud, c'est connu. Le vent a laissé sur le sable friable des caractères beaux comme des tableaux anonymes. Nos pas soulèvent des volutes éphémères. Des cendres. Partir. À pied. À dos de dromadaire. Cueillir le sel au lac Assal. La piste des Éthiopiques. Harar. Les Seychelles. Aller à la rencontre du ciel des nomades. Courir après un chamelon.

En ville, les formes s'adaptent au paysage ferblanc. Croquis sur sable gris. Palette grise. Cailloux encre de Chine. Pointes sèches des rayons solaires. Contrepoint du silence. Ciel crayonné. Silhouettes filiformes, filaos: fils de fer tendus sur l'horizon. Guerre froide entre ombre et lumière. Ligne bleue. Mer d'huile. Crabes de boue, laissés derrière soi. Nappe de sensations. Ailes de soie. Encre de poix. Peuplade croassante de corbeaux. Instant colossal. Modeste gribouillis. Clip nocturne. Irradiant écho.

La nuit sourd une sexualité tribale. Cousins et cousines, bras dessus bras dessous. Économie des gestes. Des mots. Abrégé poétique. Songe au pays de l'éternelle étoile. Loin l'étoile. La nuit a le plumage moiré du corbeau. La nuit est la source où vient s'abreuver la mémoire. Le temps sort de ses gonds. Boulets de la misère du temps présent. Tapisserie des heures. Yeux sans fard ni larmes. Gestes mécaniques pour assurer la pitance ordinaire. Ramasser du bois. Faire feu de tout bois. Tailler dans la moquerie de forêt. Trois pierres pour l'âtre, une bouillie de mil pour le soir. Du thé chaud et des dattes pour le matin.

Dans les manuels de l'école primaire, je puisais des mots étranges, pourtant à moi destinés, parce qu'ils étaient présumés africains : calebasse, quinquélibat ou quinquina, Mamadou et Binéta, fagot qui rime avec marigot, kaolin et kapok, tapir, le délicieux filao, le sourire Banania, marabout et les tirailleurs… Notre mémoire en est toute tatouée. Je n'oublierai pas non plus

le seul mot somali à figurer dans le Petit Robert :
«Ouabaïne *wabain* : n. f. (1892 ; du somali oua-
baïo). Méd. L'un des glucosides cardiotoniques
(strophantoside) extrait des graines du stro-
phante glabre.»

Arc-en-ciel caméléon. Compère Soleil par-
fumé à l'hydromel. Minuit et midi se confondant
dans la torpeur. Minuit attaque. Midi contre-
attaque. Minuit à la hanche généreuse. Mais
Aube point. Sourit de toutes ses dents. Rend
coup pour coup. Je compte les points, allongé
sur mon vieux lit.

Nation clivée, à peine née. Destin : on le com-
pare à un chameau aveugle. Chamelle : la méta-
phore du pays. Jour : écume d'argent. Nuit
ébène. Quel cycle ? La nuit ramasse ses entrailles
pourries gisant à même le sol. La lune décline.
S'assoit en lotus. Sur un tabouret de nuages.
Mugit un son de la plus belle eau. Remous de
chairs plastiques. Incurvées et flamboyantes, les
lignes de l'aube caressant la plage. Respiration
matutinale. Tendre aubier. La nature exporte des
sons inouïs. Onomatopées. Carrousel de la brise.
Haleine. Humeurs amères. Un mot appelant
l'autre. Alchimie des mots. Blason inachevé.
Soupirs et enlacement. Le jour enturbanné s'est
mis à chanter. D'abord des gruppetti. Puis des

lacis. Discrets toussotements de l'audience. Un mot appelant l'autre, ils viennent par deux, par quatre. Sens dessous dessus. Encrage. Ancrage. Ombre et ambre. L'encre envahit la page. Pages et pages s'empilent. Points d'attache. Cabale. Calame. Écots d'échos. Écholalie du nomade. Cloué sur place, sur mon vieux lit.

Jours de fête. Ripaille. Ramadan renvoyé aux calendes grecques. Rêves en forme de gazelle boucanée. Fous rires du fou. Furieux coup d'ailes. Effet du khat. Qât. Tchatt. Tchin-tchin. Ciel ouvert sur le crépuscule. Les étoiles narguent les brouteurs. Les feuilles se répartissent au hasard sur la ramure vert olive. Lancinante transe. Forcément humaine. Mémoire nomade. Caravanes de mots. Semés au gré des attractions. Affinités électives dues aux sons. Poésie erratique. Parchemin des songes.

États de lieux

Poésie de l'oubli. Ville héraldique. Géométrie de la trahison. Ville entourée par les eaux marines ou usées et dévorée par la poussière et les mouches. Bâtie sur une carte militaire. Par la puissance coloniale. Djibouti. Gabouti. Jabuuti.

Djebouti. Chevelure de madrépores. Ossature pourrie par les palétuviers. Cuvette surpeuplée. Résistera, résistera pas ? Arôme abyssin de moka torréfié. Saveur fugace d'Orient. Yémen. Hadramaout. Zeila et Berbera. Humeurs et populations nomades.

Premier mouvement : imaginaire colonial

Imprimer sa présence par le décorum. S'installer face à la mer. En savourer la brise. Juxtaposer les fragments. Égrener les îlots de l'archipel. Découper la ville en portions ethniques. Militariser, mutiler, napoléoniser. Raturer la culture autochtone. Rester pour longtemps et assimiler dans un même mouvement les hommes et les paysages. « Nos mœurs imposées, nos maisons parisiennes, nos usages choquent sur ce sol comme des fautes grossières d'art, de sagesse et de compréhension. Tout ce que nous faisons semble un contresens, un défi à ce pays. » (Maupassant, à propos de l'Algérie, 1881.)

Deuxième mouvement : gangrène locale

On connaît aussi la suite. Bouti l'ogresse, maîtresse de la gadoue, résistera à la cartographie militaire. Multiplier les venelles, les dédales, les intersignes, les courbes et les culs de ressacs. La gadoue détourne les carrés des salines, déborde sur les routes, assiège les demi-lunes de la sous-préfecture tropicale. À présent les hommes khattés sautillent par-dessus les fondrières, les vasques fangeuses, les trottoirs défoncés. Et le palais marmoréen trône toujours, son éclat et son gazon contrastent avec la mangrove de la jetée. Devant c'est Tadjourah la pachale, entre Mabla et Goda. Au-delà, la montagne rétive d'où gronde le tonnerre des armes.

Ailleurs, parcimonie des couleurs, oui, le cadavre décomposé de la grisaille. Pourtant feuillu et fécond est notre arbre généalogique. Le seul qui s'impose par sa vigueur en ces terres arides. Les clans sont ses ramures drues et inextricables. Vous saisissez une brindille et la racine en frémit – le clan est touché, il prend les armes. La tribu s'est démultipliée avec le sang neuf des jeunes cousines. Les clones fourmillent dans l'enclos du clan.

Troisième mouvement : parfums d'exil

Que penser de ce désert sans Tartares boudé par sa progéniture qui lui préfère les grasses plaines du Canada, les volutes de Londres ou la bohème d'Amsterdam quand elle ne se nourrit pas de songes creux. Une terre irrédente qui, chaque année, s'éloigne un peu plus de la plaque africaine, une corne tentée par l'aventure et la dérive. Que penser de la cohorte de citoyens qui courent après un mandat envoyé de l'étranger par un cousin, un lot de terrain, une licence d'importation des produits douteux, un permis de conduire sans qualification, une franchise pour le lait ou l'eau de Cologne.

Pause

Dans un coin sombre. Pousser des «Hi! Hi!» pour sectionner le bâton fécal. Et un gros «Bloom!». Les dards du clitoris sont pointés en direction du grand trou. Se lever et sortir. Sucer le regard des badauds. Repousser les rideaux de la nuit. Troquer volontiers un destin mutilé contre un mirage d'aisance. Jeter par la fenêtre sa conscience brisée qui ricane comme une poupée d'outre-tombe. Temps dilaté, étreintes passionnées. Ravie, à demi nue, elle m'offrit le sourire de ses grandes lèvres. Et l'envie irrésistible de la remercier. Cette femme est une tisseuse de paroles et une brodeuse de salive, elle m'a laissé mille plateaux en écume de mots, le flot du temps par sa bouche s'écoulait comme de la soie. C'était merveille de contempler cette somptueuse coulée.

Un homme

«Temps mort», c'est le surnom qu'on a donné à ce vieil oncle qui ne répugnait pas à caresser la peau du monde, à regarder le soleil en face avant de s'écrier: «C'est arrivé demain.» Ciel couleur pastel. Des gouttes bleutées glissent sur les troncs des arbres. Des perles de sueur sans doute. La providence brille par son absence. Temps mort courait dans tous les sens, cherchait dans la nuit plus moirée que les draperies d'un corbillard son ami le Soleil. Une parcelle de pitié envahit son visage. Parcheminé le visage mais la foi dans l'amitié est solide comme l'airain. Pourtant on connaît le peu d'estime que Temps mort voue au commun des mortels, aux êtres de chair et de cheveux. Temps mort se drape dans l'ironie, l'étoffe des grands hommes. *In vino veritas,* dirait-il comme Noé le pochard, l'inventeur de la vigne et le vainqueur du Déluge. Il rit de tout et surtout là où l'on cherche un sens ou une divinité. Non pas le faux-dieu, c'est-à-dire presque toujours le dieu des autres. Temps mort triomphe des saisons nomades; il s'émeut devant un cactus qui fleurit, une vague couleur ardoise, une dune qui change de manteau, les

sculptures de soleil, l'huis d'une maison entr'ouverte, la larme bleutée d'une rosée que guette le
soleil. L'eût-on contraint à dévoiler toute cette
vie animée, peut-être eût-il finalement rechigné à
partager son savoir.

Temps mort à l'entre-saison. Terre d'ombre
au pays du soleil coupeur des têtes. Échappées à
l'heure de la sieste. Rêveries généalogiques mor-
celant les hommes en segments, genoux, clans,
tribus, ethnies. Colonnades de sang cloisonnant
les jeunes comme les vieilles nations. Ambiance
par trop cannibale. On attend des temps
meilleurs. On est chacun dans son coin un
« grand quelqu'un ». Une portion d'âme. Un
corps massif ou chétif, des tripes, un ventre et
deux pieds. Les paupières sont les jalousies de
l'œil. Nuit monochrome. Mais l'important, c'est
la relation entre présence et absence, entre deuil
et éveil, la vraie vie, c'est le seuil entre vie et
mort. Sur la tapisserie du temps présent, le nom
de Temps mort est cousu en fil d'or. Avec lui on
saisit les fragments de la mémoire et les petites
sensations qui font pétiller la vie à défaut de
grand bonheur : l'instant éternel, autrement dit
ces instants furtifs, ces fragments d'éternité où ce
qu'on lit dans un livre ou ce qu'on voit sur un
écran libère l'âme et la met en liaison avec cette

chose étrange, triste et euphorique qu'on appelle
«homme». Avec lui on s'introduit, pour une pel-
letée de minutes, dans la mémoire sans rides de
ceux qui sont libres sous toutes les latitudes. Une
mémoire qui déplore aujourd'hui son passé
troué. Devant lui des hommes, des anciens
nomades qui arborent des colliers d'échos, voca-
lisent avec, dans la main, un cahier roulé en guise
de microphone.

TABLE

I. Traces

II. Trames

Impression réalisée sur CAMERON par

BUSSIÈRE CAMEDAN IMPRIMERIES

GROUPE CPI

à Saint-Amand-Montrond (Cher)
en octobre 2002

Dépôt légal : octobre 2002.
Numéro d'impression : 024790/1.

Imprimé en France

HISTORIC INTEREST

☑ Mandarin Oriental | **Central** 25
☑ Peninsula | **Tsim Sha Tsui** 28

NOTEWORTHY NEWCOMERS

Hotel LKF | **Central** -
Luxe Manor | **Tsim Sha Tsui** -

OFFBEAT/FUNKY

Cosmo | **Wan Chai** -
Jia | **Causeway Bay** -
Langham Place | **Mongkok** 24
Lan Kwai Fong Hotel | **Central** -
Le Méridien | **Cyberport** 26
NEW Luxe Manor | **Tsim Sha Tsui** -

POWER SCENES

☑ Four Seasons | **Central** 29
InterContinental | **Tsim Sha Tsui** 25
☑ Island Shangri-La | **Admiralty** 26
☑ Mandarin Oriental | **Central** 25
Mandarin Oriental Landmark | **Central** 26
☑ Peninsula | **Tsim Sha Tsui** 28

ROMANTIC

Jia | **Causeway Bay** -
Langham | **Tsim Sha Tsui** 20
NEW Luxe Manor | **Tsim Sha Tsui** -
Mandarin Oriental Landmark | **Central** 26

SPA FACILITIES

Disneyland Hotel | **Lantau Island** 23
Excelsior, The | **Causeway Bay** 16
☑ Four Seasons | **Central** 29
Grand Hyatt | **Wan Chai** 24
Harbour Plaza | **Hung Hom** -

InterContinental | **Tsim Sha Tsui** 25
InterContinental Grand Stanford | **Tsim Sha Tsui** 23
JW Marriott | **Admiralty** 22
Langham Place | **Mongkok** 24
☑ Mandarin Oriental | **Central** 25
Mandarin Oriental Landmark | **Central** 26
☑ Peninsula | **Tsim Sha Tsui** 28
Regal Airport | **Chek Lap Kok** 16
Sheraton | **Tsim Sha Tsui** 21

SUPER DELUXE

☑ Four Seasons | **Central** 29
☑ Island Shangri-La | **Admiralty** 26
☑ Mandarin Oriental | **Central** 25
Mandarin Oriental Landmark | **Central** 26
☑ Peninsula | **Tsim Sha Tsui** 28

SWIMMING POOLS

INDOOR

Disneyland Hotel | **Lantau Island** 23
Kowloon Shangri-La | **Tsim Sha Tsui** 23
☑ Mandarin Oriental | **Central** 25
Mandarin Oriental Landmark | **Central** 26
Miramar | **Tsim Sha Tsui** -
☑ Peninsula | **Tsim Sha Tsui** 28
Regal Airport | **Chek Lap Kok** 16
Royal Park | **Shatin** -
Salisbury YMCA | **Tsim Sha Tsui** -

OUTDOOR

Conrad | **Admiralty** 25
Disneyland Hotel | **Lantau Island** 23
Eaton | **Tsim Sha Tsui** 17
☑ Four Seasons | **Central** 29
Grand Hyatt | **Wan Chai** 24

HOTELS

SPECIAL FEATURES

Harbour Plaza | Hung Hom | -
Holiday Inn | Tsim Sha Tsui | 15
InterContinental | Tsim Sha Tsui | 25
InterContinental Grand Stanford | Tsim Sha Tsui | 23
Z Island Shangri-La | Admiralty | 26
JW Marriott | Admiralty | 22
Langham | Tsim Sha Tsui | 20
Le Méridien | Cyberport | 26
Nikko | Tsim Sha Tsui | 18
Novotel-Citygate | Tung Chung | -
Regal Airport | Chek Lap Kok | 16
Renaissance Harbor View | Wan Chai | 19
Renaissance Kowloon | Tsim Sha Tsui | -
Royal Garden | Tsim Sha Tsui | -
Royal Park | Shatin | -
Sheraton | Tsim Sha Tsui | 21

TRENDY PLACES

Cosmo | Wan Chai | -
NEW Hotel LKF | Central | -
Jia | Causeway Bay | -
Langham Place | Mongkok | 24
Lan Kwai Fong Hotel | Central | -
NEW Luxe Manor | Tsim Sha Tsui | -

WATER VIEWS

Conrad | Admiralty | 25
Excelsior, The | Causeway Bay | 16
Z Four Seasons | Central | 29
Grand Hyatt | Wan Chai | 24
Harbour Plaza | Hung Hom | -
InterContinental | Tsim Sha Tsui | 25
InterContinental Grand Stanford | Tsim Sha Tsui | 23
Z Island Shangri-La | Admiralty | 26
JW Marriott | Admiralty | 22
Kowloon Shangri-La | Tsim Sha Tsui | 23
Langham | Tsim Sha Tsui | 20
Le Méridien | Cyberport | 26
Z Mandarin Oriental | Central | 25
Marco Polo | Tsim Sha Tsui | 15
Nikko | Tsim Sha Tsui | 18
Park Lane | Causeway Bay | -
Z Peninsula | Tsim Sha Tsui | 28
Regal Airport | Chek Lap Kok | 16
Renaissance Harbor View | Wan Chai | 19
Salisbury YMCA | Tsim Sha Tsui | -
Sheraton | Tsim Sha Tsui | 21